Un enterrement et quatre saisons

Du même auteur

Nietzsche au Paraguay, avec Christophe Prince, Flammarion, 2019.

Nathalie Prince

Un enterrement et quatre saisons

Flammarion

ISBN : 978-2-0802-3647-0

Sommaire

Hiver

Printemps

Été

Automne

Sommaire

Pour toi, mon amour
Pour que tu ne m'oublies pas.

« Et je ne sais plus, tant je t'aime,
Lequel de nous deux est absent. »

Paul Éluard, *L'Amour la poésie*

« La veuve habite une histoire
dont elle n'est pas l'auteur. »

Joyce Carol Oates,
J'ai réussi à rester en vie

« Le vent se lève… Il faut tenter de vivre ! »

Paul Valéry, *Le Cimetière marin*

Hiver

30 décembre 2017,
premier jour du reste de ma vie

Derrière la porte

Il est 5 heures. La nuit est absolument noire. De l'encre. Du goudron. Un noir mat. Je ne me rappelle plus si dehors il pleut. Ou s'il y a du vent. Ou s'il fait froid. Oui, sûrement, il fait froid. Il ne peut pas en être autrement. Un froid glacial même. Un froid de début d'hiver.

La chambre est à peine éclairée. Ce n'est pas le clair de lune qui nous éclaire. Non. Ce n'est pas ça. Je me rappelle. C'est la lumière du couloir qui passe, un peu, sous la porte, et la veilleuse, qui fait un petit bruit détestable. Un bruit d'insecte mécanique. Un bruit de misère, aussi, un peu.

Alors je te vois et je te regarde.

Tu es tellement beau. Je ne me lasse pas de te toucher, de t'embrasser, de passer ma main sur ta tête. Tu es là, et je me remplis de toi.

Je me dis que quelqu'un pourrait rentrer, là, à tout instant, nous surprendre dans ces baisers, dans ces caresses. Dans mes chuchotements. Mais ce ne serait pas vraiment grave, n'est-ce pas ? On est comme ces amoureux qui se frottent sur les bancs publics, tout près, si près. Ces amoureux qui exhibent leur amour. Oui, après tout, cela ne serait pas grave du tout.

Je te chuchote que je t'aime et que je suis là, pour toujours. Je te chuchote que je voudrais que cet instant dure, se prolonge, s'éternise. Je voudrais toujours sentir ta peau sous mes doigts. J'entends le bruit des larmes sur l'oreiller. Un petit ploc mat et creux, un petit bruit de rien du tout, qui finit presque par disparaître, parce que, sur le tissu mouillé, les larmes s'écrasent en silence. Mais la petite tache d'eau salée s'agrandit.

On est comme dans une de ces nouvelles que je te lisais, le soir. On est dans une histoire d'amour fantastique de Gautier, de Poe ou de Rodenbach. Oui, voilà, je suis dans une de ces histoires. Ça ne peut pas être *mon* histoire. Je te regarde et je te lis. Je suis passée dans un conte cruel. Je lis Villiers de L'Isle-Adam. Je suis *mise en abyme*.

Je te récite le début de la nouvelle de Gautier, *La Morte amoureuse* : « Vous me demandez, frère, si j'ai aimé ; oui. Oui, j'ai aimé comme personne au monde n'a aimé, d'un amour insensé et furieux, si violent que je suis étonné qu'il n'ait pas fait éclater mon cœur. » C'est ce que dit le moine, Romuald, à l'un de ses frères en religion. Il lui parle pour lui dire de ne pas succomber à l'amour d'une femme, pour le mettre en garde. Mais il n'est pas crédible. Ses paroles se déversent sans pause, d'une traite, sans s'arrêter. En face de lui, l'autre n'a pas le temps d'en placer une. On ne l'entend pas. Et toi, d'ailleurs, tu ne dis rien non plus. Tu écoutes. Plein de silence.

Alors je reprends mon histoire. Tôt ou tard, Romuald devait dire son histoire. Comme je dois raconter la mienne. Il devait la faire sortir de lui. Parce que l'amour le brûle toujours. C'est un récit de la brûlure amoureuse. Il n'a plus Clarimonde, alors il la raconte. Un *requiem*, un chant d'amour. La seule chose qui lui reste, c'est la parole. Il faut ressusciter Clarimonde, lui offrir un tombeau. Un tombeau de mots. Qui dit que l'amour est plus fort que la mort, et qu'il finira par la vaincre.

Alors oui, c'est ce que je te raconte, là, maintenant, dans cette chambre blanche où manquent, sur les murs, des miroirs et des tableaux. Je lève les yeux. Je regarde la pièce autour de moi, à la lueur de la veilleuse qui clignote. J'ai un crochet dans le ventre. Tu le sais, ça ? Un putain de crochet qui ne me lâche pas. Un nid de douleur.

À quel moment dans ma tête je me dis que j'ai encore de la chance d'être avec toi ? Là, maintenant. Mais que tout va s'éteindre ! Pas les néons du couloir. Non, ceux-là, ils ne s'arrêteront jamais. Ils seront là pour d'autres couples qui se séparent, d'autres histoires qui s'arrêtent, d'autres ruptures indicibles. Non, ce qui va s'éteindre, ce sont ces moments de toi, ces caresses, cette douceur, ce temps suspendu. Je me serre contre toi. Tu deviens de plus en plus froid sous mes doigts. Je voudrais te réchauffer, mais en vrai, ça ne sert à rien. Tu ne bouges pas. Je voudrais enlever la nuit dans tes cheveux. Mais elle s'accroche. Alors je m'allonge sur ce petit lit qui fait un bruit métallique. Sur ces draps jaunes. Oh ce jaune ! Il me renvoie à ces sept années où je suis venue dans d'autres chambres, toutes pareilles, et toujours avec les mêmes draps jaunes. Et pourtant, enveloppée dans la laideur de cette chambre sans soleil, à côté de toi, je crois que je suis bien. Oui, quelqu'un pourrait entrer. Mais on s'en fout un peu, là, non ?

Alors j'ai eu une envie. Folle. Déplacée. Mais qui m'a submergée. Une envie de toi, de garder en moi cette image, pour qu'elle ne disparaisse pas de moi. Je n'ai pas assez confiance en moi. Je t'aime, cela est sûr, mais je sais que cette image va finir par disparaître. Vois-tu, quand je serai vieille. Mon corps va t'oublier. Ma mémoire va te trahir. Mais je ne la laisserai pas t'oublier. Je veux pouvoir te regarder sans relâche et quand je veux. Je fais ce que je veux. Je le fais parce que je le veux.

Alors, après avoir couvert ton visage de baisers et de larmes, après avoir bu ma honte, j'ai allumé la lumière de la chambre, une lumière inhumaine et barbare. Des néons d'hôpital. J'ai sorti mon portable de ma poche et j'ai fixé ta dernière image pour mon éternité. Pas de retouches. Toi à jamais suspendu dans le temps.

Je suis un monstre.

Je ne serai plus jamais la même.

Son herbe à soi : la concession

Il y a quelques années, mon neveu a offert à Anselme, mon fils aîné, un cadeau « original et personnalisé », un petit bout de terrain des Highlands écossais qui lui permettait en sa qualité de propriétaire de devenir Lord [1]. Un petit bout de terre de rien du tout : 0,093 m^2 exactement, et la possibilité de savoir que l'on a son herbe à soi, son petit coin d'ailleurs, son utopie. Eh bien pour moi aussi, c'est fait, je l'ai, mon petit coin de terre. Pas très grand. Juste un mètre sur deux. Avec une terre bien noire dans un espace arboré, plutôt calme et tranquille. J'ai pris une concession « cinquantenaire », comme moi, qui vais sur mes cinquante ans, histoire de faire la paire. On verra où j'en suis dans cinquante années. Là, pour moi, c'est carrément de la science-fiction. Et puis, les quatre enfants en hériteront, *en*

1. Titre lié à la propriété terrienne selon la législation écossaise.

indivision, quand l'heure sera venue. Un mètre sur deux, c'est beaucoup plus qu'un pied carré à Glencoe Wood et puis l'avantage, pour moi, c'est que c'est tout droit, à moins d'un kilomètre de la maison. Pratique pour aller se balader… Ce lieu a reprogrammé mon centre de gravité. Le centre de gravité, appelé G, est le point d'application de la résultante des forces de pesanteur. Mon corps est dépendant de ce point. Il m'attire et m'enferme, bouleversant mes repères et mon équilibre. La loi de l'aimantation.

Et c'est quoi cet espace, au juste ? De la terre à peu près meuble… Je dis à peu près parce qu'on n'y ferait pas pousser des carottes ni même des radis. Il faudrait une terre plus sableuse, plus fine. Mais c'est quand même une terre correcte, qu'on peut émietter avec la main, sans trop de glaise ni de silex. Et autour de la terre, des petits graviers. Des petits graviers tout gris et tout moches, tout proches aussi, d'un autre petit rectangle de terre tout pareil au mien, mais qui, lui, déborde de fleurs coupées, de fleurs colorées, de fleurs qui embaument et avec des rubans partout et de toutes les couleurs, comme on mettrait sur une voiture pour aller à un mariage. Et puis après les fleurs, les petits cailloux, encore, et puis les fleurs, et plus tu remontes la petite allée, tout doucement, plus tu t'aperçois que les lots de terre d'un mètre sur deux font place à des plaques noires ou anthracite, bien propres, et qu'il y a de moins en moins de fleurs et de moins en moins de couleurs, et que les rubans disparaissent. Et puis, encore plus loin, il y a de la mousse sur les petits coins de terre, et des orties qu'il faudrait arracher, avec des vases qui ont fini par se détacher de leur socle, et qui n'attendent plus de fleurs. Et puis il y a ces mots qui vont par groupes de trois, toujours impairs : « À notre papa », « À notre ami », « À notre fils », des mots qui pleurent, emmurés dans le silence et dans le gris. Des mots par-ci et des mots par-là, des mots immobiles et inconsolables, posés là pour l'éternité. Enfin, du moins pour quelque cinquante ans ! Parce que quand il s'agit de sa mort, on a du mal à envisager plus loin que le bout des cinquante ans de la concession qu'on a signée. On signerait n'importe quoi à ce moment-là. Pour avoir ce petit lopin de terre qui nous appartient comme rien dans notre vie ne nous a appartenu. Ce petit monde de deux mètres carrés avec lequel on fera corps, un jour.

Mon amour, ce terrain est à nous. Tu as gravi les plus hautes montagnes et tu es arrivé au sommet. Et tu y es resté. Tu n'es pas redescendu dans la vallée, avec les vaches bariolées et les mouches bourdonnantes. Tu as fui l'universel reportage du monde et tu m'as bien plantée là. C'est vrai, je n'ai pas eu le courage de faire la balade avec toi, mais je viendrai te rejoindre aussi souvent que possible, demain dès l'aube ou peu s'en faut, parce que les grandes grilles du cimetière ne s'ouvrent pas si tôt !

Et un jour, je resterai avec toi.

Le lendemain ou le surlendemain,
je ne sais plus, ça va très vite

Chanter sous la pluie

J'arrive devant la petite église, sous une pluie battante. De l'eau qui coule du ciel, sans relâche. Un ciel triste, sans nuages. Un ciel qui est à l'unisson de mon cœur. Cent kilos mon cœur. J'arrive plus à le porter. Mais qu'est-ce que je fous ici ? Qu'est-ce que je viens faire dans le presbytère de l'église ? Pour aller voir un parfait inconnu... Mais qu'est-ce que tu m'obliges à faire ? J'espère au moins que ça te fait rigoler. Un truc qu'on va pas pouvoir partager... Quel délire ! Ça se bagarre dans ma tête : je dois le faire ? Pas le choix. Tu peux le faire. Tu le feras. Tiens, ça doit sûrement être lui. Pourquoi ils sont deux ?

— Bonjour, je suis Nathalie Prince.

— Oui, oui, bonjour, toutes nos condoléances, Nathalie. Nous sommes là pour vous aider, pour vous accompagner dans ce moment particulièrement difficile. Moi, c'est Michel et cette femme merveilleuse que vous voyez, c'est Murielle. Elle partage ma vie depuis cinquante ans. Je ne sais pas ce que je ferais sans elle. J'espère partir avant elle car, sans elle, je ne serais plus rien. Murielle sera là aussi pour vous. Nous aimons aider les gens et leur apporter le soutien nécessaire dans une telle épreuve.

Tu n'as rien trouvé de mieux que de me raconter ton mariage ? Je te rappelle que je viens parce que j'ai perdu mon mari. Que je suis veuve…

— Bien, merci. Et alors, concrètement, comment les choses vont-elles se passer ?

— Venez. Au bout du couloir. Installons-nous sur cette petite table. Allez-y, entrez. Nathalie, vous êtes dans la souffrance et nous allons vous tenir la main dans ce chemin de douleur. Venez, asseyez-vous.

La petite table ronde du presbytère est habillée d'une toile cirée aux couleurs d'automne, plutôt hideuse. Un peu collante. Avec un minuscule bouquet de fleurs en plastique. Waouh que c'est laid ! Une espèce de glycine décolorée attire le regard dans un coin triste de la pièce, la pièce la plus triste du monde, aux murs jaunâtres, avec ce couple dont la voix chante et m'implore de lui confier ma douleur. J'ai dû me tromper de porte… C'est ça, hein ? Évidemment, c'en est trop pour moi. Comment leur dire quoi que ce soit ? Je ne les connais pas. Ils se tiennent la main… Oh là là ! Ils me prennent tous les deux la main. En me souriant. En se souriant.

Mais qu'est-ce que j'ai fait pour me retrouver dans une situation pareille ? Toute seule ? Comment sortir de là ? Ça te ferait bien marrer si t'étais là... Et j'aimerais bien prendre de la distance. Et prendre ta main, à toi. Nathalie, tu es forte. Il faut que tu le fasses. Tu le feras. Mais non, j'y arrive pas...

Michel se remet à parler, sans me lâcher la main. Je ne sais plus où me mettre...

— Pouvez-vous nous dire qui était Christophe ?

Mais pourquoi je leur dirais quoi que ce soit sur toi ?

J'essaie. Je respire. Je croise les bras pour me donner une contenance. Je vais forcément dire quelque chose. Quelque chose va sortir de moi... Mais quoi ? Je sens que ça vient.

— Mais en fait, pourquoi vous voulez le savoir ?

Pas vraiment la réponse qu'ils attendaient... Mais pourquoi je reste sur la défensive ? Pourquoi je les agresse ? Je suis sûre que si tu me vois, tu te marres... Calme le jeu. Redeviens sociable, Nathalie. Sans eux, personne pour faire la cérémonie. Tu voulais pas de curé. Tu dois faire avec ces deux-là. On refait pas les équipes. Allez, Nathalie, tente autre chose. Dis-leur ce qu'ils veulent entendre... Tu dois quand même en être capable ?

— Il était professeur de philosophie. Un excellent père, un mari fidèle, un...

Encore une pause. Je réfléchis. Le couple se regarde, espérant peut-être que je vais lâcher du lest, leur faire des confidences, me mettre à fondre en larmes et leur reprendre la main… Je me ressaisis.

— Si vous voulez mieux le connaître, c'est pour parler de lui, n'est-ce pas ?

— Oui, nous savons d'expérience que vous ne pourrez pas parler de Christophe le jour de la cérémonie. C'est beaucoup trop difficile. Je ferai moi-même le discours d'hommage au défunt. Je suis compétent en la matière. Nous avons fait des dizaines d'enterrements… Je parlerai pour vous, et je dirai qui était Christophe, ce qu'il a fait.

Silence.

Jamais de la vie il ne dira un mot. Il n'articulera pas une syllabe. Il n'ouvrira même pas la bouche. C'est mon mari.

— Écoutez… C'est moi qui le connaissais le mieux. J'étais son épouse. Je le connais depuis que j'ai dix-sept ans, et on ne s'est jamais quittés. Ça fait trente ans. C'est donc à moi de faire ce discours.

— Ce sera très dur. D'expérience, nous savons que vous n'y arriverez pas…

— J'y arriverai.

Je me crispe.

— Bon, de toute façon, vous nous donnerez au moins quelques éléments par écrit afin que je puisse me substituer à vous si vous craquez.

Craquer ? Ça veut dire quoi ? Comme une noix qu'on place dans un casse-noix et qu'on écrase ?

Mais moi, je ne suis pas une noix ! Alors, je ne craque pas...

Silence, encore.

— D'accord, faisons comme cela, mais je sais que personne ne parlera à ma place... Et sûrement pas vous, pardonnez-moi, c'est un peu blessant. Pas vous qui ne le connaissiez pas...

Une pause. Qui me paraît durer deux heures. Les deux se regardent, étonnés que je ne leur lâche pas le morceau, que je reste droite sur ma chaise. Pas de larmes. Plus de larmes... Étonnés que je ne m'effondre pas...

Je reprends, pour casser ce silence et ces échanges de regards surréalistes :

— Combien de temps puis-je parler ? Un quart d'heure ?

Le couple se met à rire, carrément, avec un air entendu, le petit regard en travers, oblique, qui sépare. C'est comme si je leur avais dit que l'enterrement allait se dérouler sur la Lune...

— Non, non ! On vous arrête tout de suite ! Au bout de cinq minutes, les gens n'écouteront plus. Cinq minutes, vous avez cinq minutes. C'est déjà beaucoup trop. Les enfants pourront dire un mot aussi, s'ils le veulent. Y aurait-il quelqu'un d'autre qui voudrait parler ?

— Je ne sais pas. Je vous dirai. Je demanderai aux enfants...

— Bon, c'était le premier point. Il va falloir prévoir aussi les musiques. Une musique pour le début de la cérémonie et une musique pour la fin. Vous prévoyez deux CD. Bon, évidemment, du classique, pas de la variété…

— Oui, oui, ne vous inquiétez pas. Deux CD. Je vais y penser.

— Et il va falloir choisir les psaumes.

— Pourquoi faut-il des psaumes ? Je ne connais pas de psaumes.

— Tout est prévu, rassurez-vous, Nathalie. Nous vous présentons aujourd'hui une liste de chants et vous allez choisir. Cela rythmera la cérémonie…

— … mais je ne les connais pas !

— Vous avez tous les textes dans ce recueil, sauf deux parce que d'habitude on fait les enterrements à Saint-Aubin et là on va le faire à Saint-Amand, vu que Saint-Aubin est en travaux. Vous devez choisir parmi les textes que l'on propose dans l'église de Saint-Amand.

— OK. Mais ce sont des chansons, n'est-ce pas ? Comment ça va se passer ?

— Ma femme chantera les psaumes. *A cappella*, hein, Murielle ? Elle a une voix divine. Si vous n'arrivez pas à choisir, on va vous aider. On est là pour vous aider, Nathalie. Par exemple, le premier psaume, ça fait…

… Et Murielle, sans l'ombre d'une hésitation, entonne l'air d'une voix d'ange, et me dit les paroles et la musique pour que je puisse choisir à mon aise. Elle entonne TOUS les psaumes, avec le sourire, la voix parfois un peu fragile, mais sans hésitation... Elle ne s'arrête pas, et chante en annonçant le numéro du psaume... Et le troisième, ça fait ça... Elle chante dans cette petite salle triste à mourir, assise et les yeux en l'air, les coudes collés à la toile cirée et son mari posant sur elle des yeux débordants d'amour... Avec un petit air de sainte Thérèse. Et le septième, que j'aime beaucoup, voilà, ça fait ça... Et moi, éberluée, j'attends que tout cela s'achève.

Après un moment d'éternité, j'arrive à leur dire un truc sensé :

— Merci, oui vraiment vous avez une très belle voix. C'est agréable.

Lui m'interrompt :

— Ma femme a fait du chant pendant quarante ans et elle a accompagné plus de quatre-vingts enterrements, lance-t-il avec amour.

— Ah oui ? Bien... Alors le second chant me paraît plus accessible, plus simple. Si on pouvait couper le couplet sur la résurrection, ce serait parfait. Je ne veux pas colorer cet enterrement avec des croyances auxquelles je ne crois pas. Murielle, pensez-vous pouvoir couper ce couplet ?

— Oui, on ne me l'a jamais demandé. Je vais le récrire sans le couplet. C'est possible.

— Bon très bien. Ça ira très bien. Merci.

Michel reprend la parole, affamé et avide de toute cette organisation. Mais qu'est-ce qu'il peut bien trouver à faire ça ?

— Il va falloir encore choisir un évangile parmi ceux que je vous propose. Murielle lira l'Évangile et j'en ferai une glose. Vous me direz demain au plus tard quel texte je dois gloser.

— ?

— Parce que j'aurai un travail de préparation important à faire…

Là, c'est Murielle qui l'interrompt :

— Mon mari est autodidacte et écrivain. Il écrit des romans. Il a beaucoup de talent.

Je tente de balayer l'Évangile d'un revers de main…

— En fait, nous pourrions écarter ça aussi. Je ne tiens pas vraiment à ce genre de cérémonie ni à cet aspect religieux… et mon mari non plus, d'ailleurs, si je peux dire…

— Non, non, c'est très important. Vous choisissez un texte et, moi, je devrai l'expliquer en public.

Je jette un œil aux textes.

— Il y a de très longs textes et d'autres très courts, dis-je, prise au dépourvu.

— C'est pour cela que vous devez me prévenir au plus tôt… Il y a des évangiles que je connais mal. Je ne les ai pas encore tous expliqués…

— Ah oui, bien sûr. Celui-ci fait moins de dix lignes. Il me paraît mieux que les autres pour cette raison…

— Oui, en plus je le connais !

— Eh bien alors ce sera parfait…

Des blancs, des silences, des regards complices entre les deux époux viennent ponctuer cette scène bizarre à la Henry James. Haletant, l'homme enchaîne les questions.

— Et pour la mise en scène ? Vous voulez des bougies ? On fait le rituel de la croix ? Le lancer de fleurs sur le cercueil ?

— J'avoue ne pas savoir. Le moins possible. Il faut que ce soit quelque chose de très simple… Les bougies, oui. On va poser des bougies sur le cercueil. Cette cérémonie, je l'organise pour les enfants. On aurait pu aussi bien se retrouver tous au cimetière. Mais je sens que les enfants doivent avoir ce poids dans le cœur, ce souvenir, ces images, pour qu'ils puissent avancer. Je veux bien qu'ils viennent poser des bougies sur le cercueil. Je discuterai de cela avec eux. Ce sera bien.

— Nous avons presque tout vu. Murielle, tu as bien noté tes psaumes. Moi, j'ai mon évangile. Vous penserez aux musiques. Pas n'importe quoi bien sûr !

Non, mais est-ce que j'ai une tête à leur proposer n'importe quoi ?

— Oui, oui, ne vous inquiétez pas. Je vous remettrai tout cela demain.

— Vous avez encore, si vous le souhaitez, la possibilité de lire un poème, en fin de cérémonie, ou un texte de votre choix.

— Je choisis ce que je veux ?

— Oui, oui. Un texte qui pourrait apparaître comme un hommage à Christophe.

Là, ça se bouscule dans ma tête. Le temps défile. Une fulgurance. Le poème, j'ai tout de suite pensé à celui d'Éluard, sans titre, que j'ai expliqué devant toi, quand j'avais dix-sept ans, dans notre prépa lettres. Éluard me rend dingue parce qu'avec rien, il fait tout. C'était le début de notre prépa à Enghien-les-Bains, la prépa la plus cool de la région parisienne, et je devais faire un commentaire composé du poème :

Je fête l'essentiel je fête ta présence
Rien n'est passé la vie a des feuilles nouvelles
Les plus jeunes ruisseaux sortent dans l'herbe fraîche

Et comme nous aimons la chaleur il fait chaud
Les fruits abusent du soleil les couleurs brûlent
Puis l'automne courtise ardemment l'hiver vierge

L'homme ne mûrit pas il vieillit ses enfants
Ont le temps de vieillir avant qu'il ne soit mort
Et les enfants de ses enfants il les fait rire

Toi première et dernière tu n'as pas vieilli
Et pour illuminer mon amour et ma vie
Tu conserves ton cœur de belle femme nue.

Mais on ne doit jamais analyser ce que l'on aime. J'étais jeune. Très jeune. Dix-sept ans… Éluard, je l'adorais déjà. J'étais partie sur une explication à la fois torride et cosmique du poème. Partie très loin du texte, mais sans lâcher le texte. Mon commentaire était précis, mais détonnant. Et la classe avait été surprise… C'est quoi, ce délire ? Monsieur Lartichaux, notre professeur, enguirlandé de son écharpe rouge qui ne le quittait jamais, avait souligné qu'une telle interprétation, aussi personnelle, avait ses limites, et toi, tu rigolais dans la classe, avec ton copain Guillaume. Mais je n'avais pas dit mon dernier mot. J'avais défendu ma lecture, repris les éléments rigoureux de mon analyse et tenu tête autant qu'il était possible. Avec courage. Et apparemment sans réussite.

Deux choses alors s'étaient passées : toi, tu m'avais vue et cela m'avait plu. Quand j'étais retournée à ma place, je pleurais. Des vraies larmes de rage, de timidité et d'impuissance. Éluard, c'était aussi ce que j'y voyais. Et je l'avais prouvé. Et toi, tu me regardais pleurer, en te disant : « Mais comment peut-on être aussi cruche ? », mais aussi tu pensais – hein ? – « Jamais entendu un truc pareil… » Et on est bien d'accord, c'est là que tu es tombé amoureux, un peu… On en a tellement reparlé de cette explication ! Et, deuxième chose, le professeur s'était laissé convaincre. Mais pas en direct, devant la classe ! La crapule… J'étais rentrée chez moi et il avait téléphoné à la maison. Il avait réfléchi. Il s'excusait. Il avait compris autrement le poème. Il était heureux.

Mes larmes avaient séché et je venais de comprendre que je consacrerais ma vie à la littérature.

Bon, le problème de ce poème, pour l'église, c'est qu'il était un peu *border line*, avec les M&M's, Murielle et Michel, en *gatekeepers* vigilants… J'ai relu le poème avec mon fils aîné, qui m'a dit : « Tu peux quand même pas lire ce poème à l'église ! T'as vu le dernier vers ? Tu penses que ça va pour papa : “Tu conserves ton cœur de belle femme nue” ? »

Oui, c'est le poème de toutes les inversions, en négatif, le poème de l'absence, de l'hiver, de la mort et de ce vide infini qui m'étreint. Le poème parfait, si on le lit à l'envers, un non-anniversaire en quelque sorte, une bougie qui s'éteint. C'est bon. Je choisirai un texte extrait de *Capitale de la douleur*. Plus approprié.

Je crève mon propre silence.

— Oui, je lirai un poème de Paul Éluard. Nous avons une histoire en commun avec lui…

— Bien. Nous vous indiquerons quand le lire. Nous aurons juste besoin du titre du poème. Dernière question : souhaitez-vous qu'on vous accompagne au cimetière ?

C'est vraiment leur truc… Après tout, je les envie. Partager ensemble un *trip* enterrement… *Very bad trip*… ça me fait rigoler, à cause du film. Pourquoi pas sourire ? Pourquoi pas, après tout ? Ils sont amoureux. Ils se caressent du regard. Ils s'adorent. Je les aime bien. Je les envie, un peu…

Alors, je leur souris.

Je décide de leur sourire.

— Merci, non, cela ira très bien comme on a dit.

Séchés, là, plus vite que dans un sèche-mains d'autoroute. Un Dyson aurait pas fait mieux. Ils se taisent, alors. Et ils me reprennent la main. C'est une manie ! Tous les deux.

Du coup, sur cette table ronde immonde, on se tient comme dans une ronde, les mains collées pour réveiller les morts. Je leur laisse mes mains. Je pleure un peu. J'ai l'impression que ça leur fait plaisir de voir que je pleure, que je ne suis pas si froide, si insensible.

Allez, Nathalie, vas-y, pleure !

— On vous remercie, Nathalie, de votre confiance. J'ai eu peur, au début, en vous voyant, murmure Michel en gardant ma main dans la sienne. Et puis là, je sens quelque chose de très fort. Nous sommes en empathie. À très bientôt. Pensez que l'on sera là si vous ne vous sentez pas capable de parler. Je vous envoie un petit questionnaire pour mieux connaître Christophe (métier, nom de vos enfants, passions). Vous me remplissez ça avant l'enterrement.

Je me lève, je franchis les petites marches du presbytère et je retrouve la pluie qui se mélange à mes larmes sur mon visage. J'arrive au parking, et je pleure enfin pour moi toute seule.

Rien que pour moi.

Et pour toi.

Ça va ?

Deux mots. D'une seule syllabe. Avec la répétition de la voyelle « a », apparemment joyeuse. Ha ha ! Mais Rimbaud le savait, lui qui voyait tout. Dans « Voyelles », A est noir. Parce que « ça va ? », quand ça va pas, c'est un abyme, un champ de ruines, un pneumatique qui se dégonfle. À chaque « ça va » quand ça va pas, c'est la même douleur qui te tord. Le refoulement de l'indicible. De l'ineffable. La mort dans l'âme. Le coup de poignard. Deux mots à cran d'arrêt.

Ça va ?

C'est le questionnement, d'abord, qui attend sa réponse : un sourire, un signe de tête ou une affirmation béate. Parce que cette question est retorse : elle n'attend qu'une seule réponse. On doit dire « oui ». Je croise une connaissance, en voiture. On baisse la vitre : « Ça va ? — Oui, et toi ? Ça va ? — Ça va. — Bon, alors à plus. » Le vide intergalactique des relations humaines. Imaginez que les gens se mettent à répondre à la question comme si c'était une vraie question… À côté, la boîte de Pandore, c'est une rigolade. Faut pas se mentir.

Alors, il faut mentir.

J'ai appris à mentir.

Au monde entier.

Le matin, quand je me lève, je mens. Aux maîtresses, à l'école, quand je pose ma petite dernière, je mens. Aux caissières, qui me connaissent. Aux collègues qui veulent de mes nouvelles. Aux étudiants, en qui je puise. À ces gens que l'on croise et à qui l'on sourit. À la famille, qui demande, et à qui on n'a rien dit. À cet ami qui ne cherche pas trop à en savoir plus, mais qui s'obstine à vouloir savoir si « ça va ». On l'avait même surnommé « ça va », pour rire. Parce qu'il envoyait tout le temps les mêmes textos de deux mots. Comment répondre, alors, quand on est en train de mourir ?

Mais il n'y a pas que ce questionnement cousu de fils blancs qui me déplaît. Qu'est-ce que c'est que ce « ça » ? La question est radicalement différente quand on demande : « Comment vas-tu ? » Dans un cas, on pose un sujet, on s'adresse à quelqu'un. On est à l'écoute. Dans l'autre cas, la phrase est impersonnelle, vidée d'empathie, elle est un réflexe social. Comme le petit coup sur la rotule qui déclenche la détente du genou. Une fausse détente, en fait. Un réflexe de merde.

Et puis il y a ce « va ». « Va, je ne te hais point. » Là, ça a du sens. C'est Chimène à Rodrigue dans *Le Cid*, qui lui déclare qu'elle n'en peut plus, à sa manière et qu'elle l'aime de ouf, comme diraient nos ados. Mais à l'époque, il y a une (re)tenue qui force le respect… Mais le « va » de « ça va », c'est celui de la dérobade. Un « va » qui n'a plus de sens. Où va-t-on dans « ça va » ? Pas de volonté géographique d'aller quelque part. Une débandade, même. Un fiasco sur toute la ligne. Rien ne va dans « ça va »…

J'ai donc choisi de répondre du tac au tac, par la symétrique. À la question insensée « ça va ? », je réponds systématiquement par un non moins insensé « ça va ». L'affaire est conclue.

Mais vrai de vrai, je ne pose jamais cette question, parce que je sais trop combien chacun porte sa part de malheur, sa barre de fer dans le cœur, et parce que je sais que personne n'en a rien à cirer.

Parler aux morts

Échange de SMS sur deux portables : ton portable, que j'ai ouvert sans toi, après que tu es parti, et le portable de M. Ionescu.

8 décembre, 12 h 33

Bonjour, monsieur Prince. Vous avez dépassé déjà les délais pour le remboursement du dépôt de garantie. Comment voulez-vous faire ? Je vais vous envoyer une lettre recommandée avec cette information et ensuite je poserai le dossier au tribunal d'instance.

9 décembre, 18 h 54

Bonsoir, je vais avoir une réponse de votre côté ?

12 décembre, 7 h 33

Désolé. Je suis actuellement indisponible (hospitalisé). J'essaie de régler ça quand je rentre (vendredi, j'espère).

15 décembre, 12 h 15

Bonjour, vous êtes rentré ?

15 décembre, 18 h 14

Non. Encore jusqu'à lundi, je pense.

19 décembre, 13 h 17

Monsieur Prince, au pire, vous pouvez me faire un virement par Internet si vous ne pouvez pas envoyer de chèque.

19 décembre, 17 h 09

Bonjour, je ne sors que vendredi (enfin, j'espère). Je vais vous faire un chèque. Ici, je ne peux rien faire. Désolé.

22 décembre, 9 h 02

Bonjour, monsieur Prince. C'est aujourd'hui que vous m'envoyez un chèque ? N'oubliez pas.

22 décembre, 18 h 03

Je vous informe que mardi, je vais faire une déclaration au greffe.

1er janvier, 16 h 29

Monsieur Ionescu, bonjour. Mon mari est décédé samedi matin. Je vais essayer de m'occuper de ses papiers. Je suis désolée de cette situation.
Bien cordialement,
Nathalie Prince.

1er janvier, 20 h 38

Bonjour, je suis désolé, mes condoléances. Votre mari me doit de l'argent. Demain, je vous enverrai une lettre recommandée avec une demande pour régler le paiement + 10 % pour le retard. Chaque mois, c'est 10 % en plus.

Je vais également demander le remboursement des frais de justice. Au pire, vous pouvez envoyer le certificat de décès au tribunal d'instance.

2 janvier, 6 h 31

Monsieur, je vais vous envoyer le paiement. Merci de ne pas engager d'autres démarches. Je ne m'occupais pas du tout de ses dossiers et j'ignore qui vous êtes, mais je vais faire le nécessaire. Pouvez-vous m'indiquer votre adresse, SVP ? Je fais le maximum. Je m'en occupe la semaine prochaine. En imaginant que cela vous conviendra, Nathalie Prince.

3 janvier, 9 h 59

Le tribunal, c'est la meilleure solution. Et le SMS, je vais l'imprimer et montrer au tribunal comme quoi vous êtes mort. Monsieur Prince, j'espère que vous avez les papiers d'admission à l'hôpital et votre acte de décès.

3 janvier

La veille

Tout le monde dans la salle à manger, la veille de l'enterrement. Toute la belle-famille. On n'est pas deux cent cinquante non plus. Mes beaux-parents, mon beau-frère et ma belle-sœur, mon neveu, la belle-famille au complet. Et les deux petits qui tournent autour de nous comme des mouches. Bruyantes, les mouches. Ambroise, douze ans, joue du piano, trop fort, et la musique n'est pas exactement appropriée. *Pirate des Caraïbes* lancé à toute vitesse sur un piano à queue dans ce grand salon n'est pas politiquement correct. Ambroise se fait envoyer balader, en cascade. Une fois. Deux fois. Trois fois. C'en est trop. Après avoir essayé quelques autres airs pas plus convenables, il quitte la pièce, le cœur encore plus lourd, et avec cette idée bien arrêtée que plus jamais il ne se remettra au piano. Et la petite Adélie, qui dessinait sur la table, quitte d'elle-même la pièce. Plus d'air… Personne pour la prendre dans ses bras. Personne ne lui parle, ne s'intéresse à sa douleur à elle. Elle est au milieu de sa famille et c'est comme si elle était toute seule…

Et les autres sont là, plantés dans le canapé, en berne. Un décret officiel a dû passer pour leur interdire de profiter du moment d'être ensemble. Ça fait un bail, pourtant, qu'on ne s'est pas vus. Depuis le début de la maladie – des milliers d'années en fait –, personne n'a voulu voir que Christophe était tout doucement en train de partir avant eux. C'est vrai qu'on n'a rien dit – c'était ton choix –, mais franchement, ils ne voulaient rien voir non plus. Du coup, d'un coup, tout leur est tombé sur la tête : oui, la maladie est déjà bien avancée, oui, il faudrait venir le voir, très vite, plus vite peut-être, maintenant, en fait. Il faut venir tout de suite. Ils ont réussi à te parler une dernière fois, et puis après, toi, tu nous as lâchés. Tu ne voyais plus ma main qui te caressait, mes yeux qui te pleuraient. Tu étreignais le vide entre tes bras, et ton regard ne me regardait plus. Parti à la dérive, et pour toujours. J'ai cette image de toi tatouée sous les paupières.

Moi, je n'ai aucun regret. Jusqu'au bout, j'ai pu t'aimer encore un peu plus, te faire rire, même, te raconter les petits, les grands, nos projets qui avancent. Jusqu'au bout du bout. Eux n'ont pas eu cette chance. Ils sont arrivés et tu es parti. Boum. Une énorme explosion. C'est pas parce que je portais cette idée que tu allais partir depuis des années que je n'ai pas moins mal, mais je gère peut-être mieux mon chagrin. Je me dis que ce qui nous a sauvés, toi et moi, ce sont nos études, ce regard critique, ces livres qu'on a partagés, nos affinités électives. C'est ce qui nous a donné une force surhumaine. Mais les autres n'ont pas cette force, et ils sont là, dans le canapé, serrés les uns contre les autres comme des oiseaux migrateurs qui seraient passés à côté du soleil et qui ne savent plus quoi faire. Complètement perdus. Pas un mot. Sinon pour Ambroise qui continue de les agacer. Faut dire qu'il est carrément doué pour ça...

Ils ont invité le cousin qu'on ne voyait jamais, la cousine, ça leur prend un temps fou de mettre ça au point. Ils n'ont pas leur nouveau numéro de téléphone. Ils préviennent des amis à eux avec qui on n'a jamais parlé... Ils me redemandent dix fois l'heure de la cérémonie. Où ça se passe. Ce que j'ai choisi comme fleurs. S'il y aura des faire-part. Non. Pas de faire-part. On envoie des textos, maintenant. Pas le temps. Oui, mais les faire-part, c'est quand même chic. Est-ce qu'il y aura des boissons ? Est-ce que tous ces gens que je ne connais pas, qui ne connaissaient presque pas Christophe, qui s'en foutaient en fait, pourront venir à la maison, prendre un verre, après le cimetière ? Oui ? Ce sera mieux, alors. Ce sera plus correct. On va pas les laisser repartir tout de suite. Du jus d'orange ? Du jus de pomme ? Oui, oui, j'ai acheté tout ça. Et des gâteaux, pour qu'ils reprennent la route avec quelque chose dans le ventre. On va bien les recevoir. Hein, Nathalie ? On peut faire venir les gens chez vous ? Évidemment. Il pleut. Ça ne pourrait pas être autrement. Le jardin est à pleurer. Et les voilà qui se mettent à parler… Oh, mais pas de tout et de rien, du bonheur d'être ensemble. Ils viennent de trouver une niche, pile-poil dans le ton. Impeccable ! Et la tante Reine, toujours à l'hôpital ? Ça va pas fort. Même pas fort du tout. On n'est pas sûr qu'elle rentrera chez elle. Bon, en même temps, elle a quatre-vingt-douze ans. C'est un bel âge. Tu savais que Marie-Pierre avait eu un AVC ? Elle est paralysée sur la moitié du visage. On ne prend pas de nouvelles auprès de Roger, on voudrait pas déranger. On ne sait pas quoi lui dire… Et Margot, elle va pas fort non plus depuis qu'elle a perdu son mari. Il y a ce qu'ils disent. Il y a ce qu'ils pensent. Ce que chacun pense, un par un. Quoi donc ? Je ne le saurai jamais. Chacun a sa tempête dans le cœur et cuisine sa souffrance avec ce qu'il a dans le ventre.

Moi, j'enlève les feuilles fanées de la plante verte qui me fait face, à côté du fauteuil… ça prend du temps. Nathalie, vous voulez de l'aide ? On peut vous aider à faire quelque chose ? Non, non… merci. Je vais préparer ce que je dirai à l'église. Je me lève. De toute façon, le piano ne joue plus et moi, c'est ce qui me remplissait. C'est devenu soudain trop triste. Ça va me prendre un petit moment de préparer ce que je dirai. Et je ne les entendrai plus parler. Tout tourne autour de la maladie, de la mort, de la douleur et de la tristesse de la vieillesse. Je ne veux plus les entendre. Je n'ai pas envie de rire, bien sûr, mais j'ai envie de parler d'autre chose, qu'on me serre fort et avec tendresse. Qu'on ne me propose pas de faire quelque chose pour moi. Qu'on *fasse* quelque chose pour moi. Qu'on pense à moi. Chacun est replié sur sa douleur. Impartageable.

— Nathalie, vous allez faire quoi avec le château ?

— Pardon ?

Mon beau-père m'a suivie à la cuisine et rapplique direct avec ses angoisses.

— Vous ne pouvez pas le garder, maintenant.

— Euh, c'est ma maison. Cette maison est le prolongement de mon corps. Il n'y a pas une chose qui ne soit pas nous, qui ne soit pas moi, dans cette maison.

— Oui, mais, financièrement, vous ne pourrez pas vous en sortir.

— Je ne sais pas, beau-papa, ce que je ferai. Je travaille, vous savez. Et ça fait pas mal de temps que Christophe est arrêté et que je gère…

— C'est comme vous voudrez… Je dis ça pour vous aider. Et pour la verrière, en construction, vous allez détruire les fondations, pour limiter les frais ?

— C'était notre projet, avec Christophe. Pas seulement son projet. Nous avons choisi cette verrière, dessiné les plans, pensé l'architecture, le décor, l'emplacement. Je vais au moins faire installer le toit et poser un escalier. Ça fera une grande terrasse, à défaut d'une verrière. Peut-être que je mettrai les vitres. Peut-être que ce ne sera jamais terminé… Mais ce sera ma serre abandonnée. Ce sera beau, quoi qu'il en soit. Abandonné ou pas…

— Je pense quand même que vous aurez du mal, Nathalie, et qu'il faudrait penser à démonter ce qui a été fait…

J'ai perdu mon mari, je vais pas me séparer de ma maison ! C'est la maison des enfants, la maison où ils ont grandi, où j'ai tous mes souvenirs. Que dois-je répondre ? Dois-je répondre ? Ça fait pas une semaine que t'es parti et je dois déjà tirer un trait sur ma vie ? Curieusement, je n'ai pas l'angoisse de ce qui m'attend, moi. Je suis vidée, comme si on m'avait empaillée et que je continuais à vivre… Je suis ce morceau de bidoche sur lequel cogne Rocky Balboa. Suspendue à un crochet. Énorme le crochet. Allez, cogne Rocky ! Je sens rien. Je suis devenue de la chair morte. Un ogre passerait par là qu'il ne pourrait pas repérer mon odeur. Et pas besoin de me mettre dans une chambre froide. Je suis glacée à l'intérieur.

Mon beau-père est reparti en traînant ses mules ; j'entends ses pas qui s'éloignent et le murmure des autres, dans la salle à manger. Je suis bien dans ma cuisine, avec mon ordinateur. Belle-maman vient me voir, à son tour. À la file indienne… Les pieds qui traînent, eux aussi. Le visage dur. Pas trop du genre à l'empathie, même si je vois bien qu'elle fait un effort. Elle s'approche de mon ordinateur, me redemande si tout va bien, si j'ai besoin d'aide.

— Non, non, merci. Je suis bien. J'ai ce texte à faire, pour l'église. Il faut que je le fasse…

— On voit bien que vous tenez debout, Nathalie. Nous, on peut pas. Vous êtes forte, et vous êtes encore jeune. On sait que c'est dur, pour vous. Mais pour nous, c'est encore plus dur… Pour nous, c'est pas pareil…

Ah oui ?

— Vous ne pouvez pas comprendre… Vous ne pouvez pas savoir ce que c'est que de perdre un fils…

Dans la pièce à côté, toujours le même ton et les mêmes thèmes. J'aimerais être un peu avec mon neveu, discuter de ce qu'il fait, prendre ce temps avec lui, je ne le vois pas assez souvent, je l'aime bien, mais ils ne sont pas séparables. Et moi, je ne suis pas des leurs… Je suis la pièce rapportée. Je ne dis rien.

Et mon cœur se ratatine encore un petit peu plus, comme une vieille pomme qui a glissé sous une armoire et qui se dessèche tout doucement, à l'abri des regards et du soleil. Peut-on hiérarchiser les sentiments ? Y a-t-il des douleurs supérieures ? Pourquoi donc ce besoin des gens de verbaliser, de poser les mots les uns à côté des autres alors qu'aucun mot ne pourra jamais être le bon ? Mallarmé l'affirmait haut et fort, à sa manière : « Les langues imparfaites en cela que plusieurs, manque la suprême. » Comment toucher avec des mots le fond du cœur, explorer les parois qui saignent et les crevasses ? Il fallait sans doute que cela soit dit, mais la seule réponse était de garder le silence.

Un silence de mot. Un silence de mort.

Le seul silence possible pour se garder en vie.

Le 4 janvier, à l'église

L'enterrement : la guirlande de fées (1/2)

Il y a cinq ans, Florine a perdu son papa. Florine, c'est une petite fille de l'école, une copine d'Adélie. Elle était au CP quand c'est arrivé. Florine, elle a de longs cheveux noirs et des yeux qui ont bu le ciel. Mais là, le ciel lui est tombé sur la tête, et son petit monde s'est écroulé. Alors Florine a beaucoup pleuré, beaucoup parlé, beaucoup crié dedans. Mais aussi dehors. À l'école, elle parlait de son papa, tout le temps, à ses copines. Et les copines, elles ont raconté ça à leur maman, qui ont raconté ça à la maîtresse, qui a raconté ça à la directrice de l'école : non, mais il faut vraiment faire quelque chose. Florine fait peur à ma fille. Ma fille fait des cauchemars à cause de Florine. Ma fille ne dort plus. C'est de sa faute. Vous vous rendez compte des conséquences ? Ne pouvez-vous pas la changer de classe ? L'isoler ? Lui parler ? La surveiller pendant les récréations ? C'est tout à fait intolérable. Inacceptable. Regrettable. Perturbant. Inquiétant. Effrayant.

Quelles traces cette histoire va-t-elle laisser sur mon enfant ? Oui, bien sûr, c'est très triste pour Florine d'avoir perdu son papa, mais c'est la vie !

Et Florine a été montrée du doigt, comme une petite fille à éviter. Et sur les conseils avisés de leurs parents, les autres petites filles, bien sages et bien obéissantes, se sont écartées de Florine, le vent dans le dos. Et Florine est restée plantée là. Elle avait perdu son papa et avait compris, un peu plus vite que les autres, comment va le monde…

Alors je m'en méfiais des copines, après ton départ. Mais les copines, elles ont assuré. Des vraies de vraies. Elles étaient toutes là, à l'église, serrées les unes contre les autres, comme un petit bouquet de cyclamens. Pour toi, Adélie. Elles avaient des dessins tristes dans le cœur et elles pleuraient en silence. Une guirlande de petites fées tristes. Si jolies qu'elles éclairaient l'église et noyaient mon chagrin. Et les voir me rendait presque légère. Ça me donnait des ailes, transparentes. Elles me cousaient des ailes dans le dos. Avoir des copines comme ça, c'est précieux. Ce sont des petites gouttes de ciel, toutes douces, qui te porteront, et qui t'aimeront pour de vrai. Si les grandes personnes ne sont pas à la hauteur – et elles ne le seront jamais –, les enfants nous tirent vers le haut. Très très haut. C'est la leçon du *Petit Prince*, mais aussi de *Peter Pan*, d'*Alice*, de *Pinocchio*…

On croit qu'on les élève, les enfants, mais ce sont eux qui nous élèvent. Mais très peu (d'adultes) le savent, et trop nombreux sont ceux qui les clouent au sol.

Et pendant que je les regarde, les fées qui pleurent, j'entends Michel, avec son micro, appeler mes enfants un à un… « Christophe, nous allons maintenant appeler Anselme, Armance, Antoine et Adélie, qui vont venir déposer une bougie pour symboliser leur amour… » Non, il n'a pas pu dire Antoine. Il n'a pas pu dire ça ! Mon Ambroise, tu es bien là. C'est bien toi qu'il appelle. Il avait quand même pas une classe entière à appeler correctement, le gentil organisateur ! Il devait juste dire vos quatre prénoms… mais c'était déjà trop. Je me mords l'intérieur de la joue. Je sens le sang que j'avale. La tête de maman dodeline en silence. Ambroise s'est levé, comme les autres. Ces choses-là, ça ne terrasse pas. C'est juste une petite pellicule qui se colle autour du cœur, et qui le rend plus lourd. Ou une éraflure qui se met à saigner.

Le petit bout de tissu jaune

« Peut-être qu'à seize ans, je me piquerai le doigt
et je devrai retourner dans mon lit.
Ce sera mon sort, mon terrible sort. »

Adélie, neuf ans

Mars 2017

Elle avait demandé à la copine de son grand frère qui partait au Brésil de lui rapporter un bracelet de tissu, tout simple, jaune si possible, pour pouvoir faire un vœu. Juste un tout petit bout de tissu jaune de quelques centimètres. Un bout de tissu sur lequel elle pourrait cristalliser un espoir, une envie, un souhait, comme si de la poudre de fée pouvait venir se coller à son poignet et changer le cours des choses.

Un petit bout de tissu aussi indispensable, quand on y pense, que le petit pan de mur jaune qui donne à la *Vue de Delft* de Vermeer son charme si puissant.

Ce petit pan de mur jaune qui révèle à Bergotte le sentiment de la vanité de son art. L'ultime leçon de style, chez Proust, qui ouvre enfin à Bergotte l'accès à l'art véritable et qui le tue...

Elle l'avait eu son bracelet à vœu, jaune d'or, si fin qu'on ne le voyait même pas à son poignet menu. Elle l'avait gardé longtemps, si longtemps qu'il était devenu noir, à cause de la crasse et des cheveux qui s'entortillaient autour de lui. Un bracelet de cheveux tout emmêlés, tout moche, qui se posait sur sa peau rose de petite fée de neuf ans comme un tatouage de Malabar.

Et elle y croyait, la fée, plus fort que tout. Son vœu ne pouvait pas ne pas se réaliser.

Toutes les conditions étaient réunies : elle avait un vrai bracelet pour un seul vœu, qu'elle avait formulé secrètement, en douceur, sans le dire à personne. Forcément, tout allait bien se passer.

*

* *

Janvier 2018

Mais, comme l'écrit Huysmans, seul le pire arrive, et le pire est arrivé.

— Un câlin, ma petite pierre précieuse, mon sucre d'ange, ma fée en poils de sucre, ma licorne en miel, ma liqueur d'absinthe. Viens me faire un câlin. Serre-moi fort.

On se serre comme deux gouttes d'eau qui se rejoignent. Fusion. Soupir. Ma puce, je suis là. Tu es là. Tout va bien. Il ne peut plus rien nous arriver. Ensemble, nous sommes plus fortes que la tristesse, les larmes et la douleur. Mais pourquoi donc tes yeux sont-ils encore noyés ? Pourquoi le ciel se décolore-t-il dans tes yeux ? Tu veux me dire quelque chose ?

— Mais maman... Est-ce que ça existe de l'eau déshydratée ?

— Hou là ! Ça, c'est une question que tu dois poser à tes maîtresses. Mais oui, sûrement...

— Et les larmes déshydratées ?

— J'avoue, là, je ne sais pas. Et qu'est-ce que tu ferais, toi, avec de la poudre de larmes ? Une potion magique ?

Et puis la petite Adélie, qui commence toutes ses phrases par « mais », enchaîne, comme si c'était logique avec sa première question, et me demande :

— Mais, maman... Qu'est-ce qui se passe quand un vœu ne peut plus se réaliser ?

Lumière de mon cœur, comment pourrais-tu être plus pure que cela ? Que vais-je te répondre ? Comment ne pas abîmer une telle fraîcheur ?

— J'avoue ne pas savoir, mon cœur. Je comprends ce que tu dis, et ce qui te pèse. Tu serais moins forte si tu n'avais pas ce poids dans le cœur.

Ce poids, c'est ce qui te fait vivre, maintenant, comme le balancier d'une vieille horloge. Tu sais ? Quand on relance le cœur de la comtoise à la maison, et qu'elle se remet à battre. Tu peux encore faire vivre ton vœu, mais différemment, en te rappelant les souvenirs, le passé, et mille petites choses que tu dois savoir garder en toi. N'oublie rien. Tu n'es pas une petite fée en l'air comme on les trouve dans les contes merveilleux… Tu n'es pas une petite fée si légère qu'elle vole dans les herbes hautes, si légère parce qu'elle n'a pas de cœur. Toi, tu es une petite fée qui pèse sur la terre, et ce qui te pèse fait de toi, justement, un être merveilleux.

Et on est restées là, sans bouger, enlacées et les cheveux de l'une se mêlaient aux cheveux de l'autre et les minutes restaient comme suspendues au-dessus du vide…

En apesanteur.

4 janvier 2017

L'enterrement : une vie (2/2)

Cher lecteur, toi que je conduis à l'autel, tu dois te demander si j'ai réussi à parler le fameux jour, dans la petite église Saint-Amand. À toi, je peux bien le dire, mais je sais que tu sais que j'ai réussi à le faire. Parce que personne d'autre n'avait le droit de prendre ma place ce jour-là. C'était comme un fauteuil réservé au théâtre : il y avait mon nom sur le billet...

C'est sans doute la présentation la plus difficile que j'aurai eu à faire de ma vie. Je sais que tu aurais détesté cela, mais je vais le faire. Je vais parler de toi.

Qui étais-tu ? Il m'aurait sans doute fallu quelques années supplémentaires pour bien le dire. Après tout, vingt-deux ans de mariage, c'est vite passé.

J'avais dix-sept ans quand je t'ai connu, en hypokhâgne, en banlieue parisienne, et tu comprendras qu'avec la formation que nous avons eue tous les deux, je te présenterai en trois temps.

Je dirai d'abord l'incorrigible rêveur et l'homme élégant que tu as été, fatigant parfois, toujours à la recherche d'un idéal ou d'un rêve de pierre. Et tes rêves, tu les as construits, tu les as bâtis, tu les as réalisés, tu les as habités. Nous les avons habités. Tes rêves fous de vieilles ruines et de pierres moussues, de rouille et de tuffeau, de bassins et de boiseries, de verrières, de châteaux et de manoirs perdus dans la campagne, au bord de la mer, en Picardie ou en Anjou. Tu les as eus. Jamais tu ne parlais dans le vide. Tout ce que tu disais, tu le faisais. Tout devait avoir un sens, et tu donnais du sens à tout, toujours un livre en mains, un projet en tête, un ordinateur sur les genoux. Tout le monde n'a pas la chance de trouver un Prince, avec des talents de philosophe, de bâtisseur et de poète. Tu as été tout cela.

Je dirai ensuite le talentueux romancier que tu as été. Comme Proust l'écrivait, « là où la maladie emmure, l'intelligence perce une issue ». Après une vie de philosophe dans des lycées de province (et tes élèves ont eu bien de la chance !), tu as pris le chemin de l'écriture. Et tu laisses derrière nous deux romans et un troisième à venir, sous le titre *Nietzsche au Paraguay*, chez Flammarion. « Le choc Boris Dokmak », titrait *Le Figaro* à la sortie de *La Femme qui valait trois milliards*. C'est ce choc que tu réussis à reproduire aujourd'hui en partant si tôt et, cette fois-ci, je ne t'en félicite pas ! Travailleur infatigable, jamais satisfait, brillant et cérébral, doux et modeste, toujours à la recherche du bon rythme, du mot juste, toujours à couper les textes pour aller vers l'os. Ces moments d'écriture, que j'ai partagés avec toi, je les porterai jusqu'« au bout de ma vie » comme disent nos adolescents et je les ferai vivre autant que je pourrai. Parce que c'était toi. Parce que c'est moi.

Je raconterai enfin les premières pages d'un livre vivant, celui que tes enfants incarnent, et qui vont grandir sans toi. Ces enfants que tu aimais plus que tout et auxquels nous avons transmis nos valeurs. Des images de toi, à regarder grandir, à regarder penser, à regarder vivre et être heureux. À regarder rire, aussi, parce que cela aussi, c'était toi. Nous avons tellement ri tous ensemble que nous n'avons pas de regrets. Certes, nous n'aurons pas le bonheur suprême de recevoir nos petits-enfants dans cette maison immense que nous avons choisie pour cela, mais je te le promets, je vais les regarder grandir pour nous deux. Anselme, tu l'as porté sur tes épaules comme un Titan. Il est déjà devenu ce qu'il est, un honnête homme. La rebelle Armance aurait mérité un petit coup de pouce philosophique pour la faire grandir en sagesse, elle qui a déjà grandi en beauté. Elle y arrivera, grâce à toi. Notre petit Ambroise n'a que douze ans, et je crois bien qu'il te ressemble. Je te dirai ce qu'il devient ; il est clair qu'il a déjà ton grain de folie et j'espère qu'il le gardera. La douce Adélie, enfin, qui est arrivée à l'improviste, et qui nous a comblés de bonheur, pourra compter sur la force des trois autres pour trouver sa place sans toi. Un pour tous, tous pour un. Une fratrie de contes de fées. Tu as été tellement fier de chacun. Tu as été tellement un merveilleux papa. Nous sommes tous tellement fiers de toi, de ton courage, aussi, les enfants le savent. Les derniers mots de Saint-Mars, La Marquise, à la fin des *Amazoniques* résonnent aujourd'hui autrement : « Tout va très bien », disait-il, assommé par la morphine et les coups. Avec toi, tout allait toujours très bien, même quand cela n'allait pas très bien du tout. Tes enfants se souviendront de cela et tu leur as donné ta force.

J'en termine. À toi qui es partout autour de nous, je voudrais dire le merveilleux amour que nous avons vécu et le bonheur infini que j'ai eu avec toi. Il va me falloir désormais apprendre tout sans toi et je me prépare à vivre le premier jour du reste de ma vie.

Repose en paix. Nous ne t'oublierons jamais. Nous sommes tous ici réunis pour te dire combien nous t'aimons.

La dame de la CAF

Le 26 janvier 2018

Madame,

Le service prestations m'a informée du décès de votre conjoint.

Afin de simplifier vos démarches administratives, la Caf de Maine-et-Loire prend l'initiative de mettre à jour votre dossier de prestations familiales.

Notre organisme souhaite également porter une attention particulière à votre situation.

En ma qualité de travailleur social, je suis à votre disposition pour vous écouter, vous informer sur vos droits et vous accompagner.

Ainsi, je vous propose un rendez-vous à votre domicile :

le mercredi 14 février à 14 h 30.

Si cette date et cette heure ne vous conviennent pas ou si vous préférez une rencontre dans un autre lieu, vous pouvez me contacter en téléphonant au relais au 024122XXXX.

Je vous prie d'agréer, Madame, l'expression de mes sentiments distingués.

Anne Delacroche
Travailleur social

*
* *

Le lendemain, je contacte la Caf et le fameux relais…

— Allô ? Bonjour ? Je suis au relais de la Caf ?

— Oui, madame, veuillez patienter…

Trois minutes plus tard :

— Merci d'avoir patienté. Nous sommes débordés ! Que puis-je pour vous ?

— Oui, bonjour. J'ai reçu un courrier un peu bizarre suite à la situation dans laquelle je me trouve. Voilà, mon mari est récemment décédé, et une dame de la Caf m'a envoyé un courrier pour me proposer un rendez-vous chez moi mercredi après-midi. Le mercredi après-midi ne me convient pas du tout ; c'est le jour où je suis le moins disponible… J'ai quatre enfants !

— Oui, mais cette date n'a rien d'aléatoire. Nous voulons voir comment ça se passe avec vos enfants…

Je déglutis.

— … Pardon ?

— Oui, c'est normal que nous cherchions à savoir si vous arrivez à vous en sortir dans cette situation nouvelle.

— Je ne peux pas changer la date ?

— Si, bien sûr, mais ce serait bien de choisir une date quand vos enfants sont là.

*

* *

Quinze jours plus tard, après avoir posé les enfants, discussion avec une maman de l'école.

— Quand tu sais qu'une secrétaire du rectorat de Nantes m'a dit par téléphone quand j'ai voulu connaître le montant du capital décès : « Vous n'avez pas de chance, il y a encore un an, on versait un an de salaire. Maintenant, c'est beaucoup moins… », tu sais que tu peux tout entendre !

— …

— Figure-toi encore que la CAF m'a envoyé récemment un mot pour venir me voir un mercredi CHEZ MOI, en présence de MES enfants, comme s'ils étaient possiblement en danger, comme si je n'allais pas agir dans leur intérêt, comme si je devais être surveillée…

— …

— C'est bon. J'ai le cœur bien accroché, tu sais. Mais tu vas rire ! Bon, j'ai réussi à éviter le mercredi en faisant déplacer le rendez-vous. Le mercredi, c'est juste impossible avec les allers-retours de tous les côtés, le cours de guitare, le solfège, le poney, la piscine, les devoirs, etc. Je ne vais pas me mettre un rendez-vous en plus sur le dos ! Quand la dame de la Caf est venue, je n'avais pas le chauffage dans la maison (encore une panne, vu que la jauge ne fonctionne plus) ; Armance séchait les cours, Adélie avait la crève et était d'une pâleur exécrable, et on était ratatinées toutes les trois dans une cuisine où le thermomètre avoisinait les 15 degrés. Malgré le feu de cheminée et deux radiateurs électriques branchés avec des fils partout. Difficile de faire un accueil plus déplorable… et en plus, Adélie s'était cognée dans une poignée de porte deux jours avant et avait un cocard énorme à l'œil ! Pov' tite chatte en sucre roux.

— Et alors ?

— Ben rien.

— La fille a commencé par me dire, dans le texte : « J'imagine que notre protocole de rendez-vous a pu vous surprendre. Le fait qu'on vienne vous visiter chez vous… » Tu m'étonnes que ça surprend ! Et ça te met une bonne claque. Tu parles d'un protocole ! Déjà que j'étais sur le carreau ! Et puis elle m'a dit quels étaient mes droits, ce que j'allais recevoir. Ce dont j'avais déjà été informée par lettre trois semaines avant…

— Et alors ?

— Bah rien. Elle est restée une heure à discuter, à me dire ce que je savais déjà et elle est repartie congelée. Faut dire qu'elle était pas à côté des radiateurs. Et puis c'est tout. Elle avait accompli sa mission, comme ça, bonjour au revoir. Un coup de vent froid dans la maison, et tu sens bien que tu la reverras jamais. Et de toute façon, tu veux plus jamais la revoir…

Février

Réunion parents-profs

Il est 19 h 37. Je viens de me taper tous les profs d'Armance, un par un, pour la fameuse réunion parents-profs. Bienvenue en Enfer. Bon, d'abord, faut dire qu'Armance, c'est pas l'élève à cloner. Pas du tout même. Elle a un don pour faire l'unanimité contre elle. Elle a le sang d'Attila dans les veines. Respect ! Peu d'élèves sont capables d'une telle détestation. En même temps, il y a un contexte. Elle vient de perdre son père. Du coup, les profs, ils nous servent un « condoléances » de circonstances, à la sauce amère.

Armance, son problème, c'est qu'elle voudrait surtout pas ressembler à sa mère. Prof, intello, cérébrale. Elle veut être très très loin de tout ça, la princesse. Alors, elle fait tout le contraire. Légère et désinvolte. Ça revient en boucle à écouter ses profs. Le problème d'Armance, c'est qu'elle n'en a rien à faire de ce qu'on lui dit. Et patati et patata. Et Armance, le rouge mis haut sur les lèvres, toise son petit monde et le provoque. Elle adore ça.

Nous avons presque fini. Plus que la prof de philo. À vrai dire, je suis venue surtout pour la prof de philo, parce que je ne peux pas faire travailler Armance et c'est tellement important, pour moi, cette matière ! On attend dans le couloir. Armance s'est affalée le long du mur. Comme si un immeuble de dix étages avait été construit sur ses épaules. Une cariatide de pacotille. C'est le dernier rendez-vous. Visiblement la prof est bavarde. Je la regarde, cette curieuse créature ; je parle de la prof. Elle porte une robe hors d'âge. Comment dire ? Un déguisement plutôt. Oui, c'est ça, une robe d'autrefois, d'un autre siècle et même pas celui que l'on vient de quitter. Une robe qui n'existe pas. Armance m'avait prévenue. Je m'étais préparée. Je me disais. C'est formidable. Un professeur de philosophie, c'est charismatique. Les élèves aiment leur prof de philosophie. Enfin, en général. Là, je commence à cerner le problème.

Oh ! oh ! Mon Armance (c'est la prof qui parle, je le crois pas, elle le sort d'où ce possessif ?), je suis tellement heureuse de te recevoir et de recevoir ta maman. Vous savez, madame, j'ai vécu la même chose que vous. Mon compagnon est mort. Et lui, il s'est suicidé. Vous n'imaginez pas comment cela est difficile. Compliqué. Je suis seule avec ma fille. Alors c'est pourquoi j'ai un réel attachement pour Armance. Tenez, je vous donne mon courriel et mon numéro de téléphone personnels, là, tout de suite. Allez ! Prenez ce papier ! Bon, je ne suis pas ici dans cet établissement de manière définitive. J'aime beaucoup mes élèves, mais je suis payée au lance-pierre. Pourtant j'ai une thèse, madame. Je donne des conférences. Mais le salaire, ça suit pas. Oui, c'est pourquoi l'autre jour, j'ai jeté ma feuille de paye dans la classe… Les élèves doivent savoir que les meilleurs professeurs ne sont pas payés selon leurs mérites. Qu'est-ce que je disais ? Oui, que je comprenais la détresse d'Armance. Je vais t'aider, Armance, bien sûr. On va travailler toutes les deux sur la méthode. C'est vrai que je n'ai pas pu tellement le faire en cours. On n'a pas eu vraiment le temps, en fait. J'avais le projet de faire filmer le cours par des journalistes, et on a préparé un peu ça. Et puis, on a fait pas mal de goûters, parce que je crois que les élèves ont besoin aussi de sortir des contextes de cours.

J'en profite pour en placer une, sachant que même les élèves en ont assez de ne rien faire, un comble :

— Ils ont besoin aussi de cours, de fond, de méthode.

Mais elle reprend sa litanie. En fait, elle n'écoute pas. Elle est seule au monde. Elle est dans son monde. Je n'existe pas. Pas plus qu'Armance. Je m'en rends compte maintenant. Existe-t-elle d'ailleurs ? J'avoue ne pas savoir. Je l'observe, avec son rouge à lèvres qui fait écho à celui de ma fille, et ce petit point rouge sur une dent. Avec les élèves, il faut aussi qu'on partage un aspect humain. Nous avons bien ri hier, parce que je portais une écharpe en fourrure noire et j'ai dit aux élèves que c'était une écharpe faite avec la peau de mon chat. Vous n'imaginez pas comme c'était drôle. Ils y croyaient vraiment. On y a passé l'heure. Une écharpe en poils de chat. C'était tellement drôle, n'est-ce pas, Armance ? Les élèves adorent qu'on s'intéresse à eux. Je leur apporte autre chose, je crois, et surtout à Armance. Je l'aime beaucoup. N'hésite pas à m'appeler, Armance, à me demander du travail supplémentaire, je vais t'aider et tu vas réussir ton bac. La philo, c'est important. Il faut que tu travailles pour réussir. Je vais t'aider. Ah, je t'aime beaucoup !

Et tout ce vent m'emporte. Une rafale. Un tourbillon. Je regarde Armance, qui me regarde. Oui, là, je sais ce qu'elle pense, et je pense la même chose. On se lève, ensemble. Tout a été dit. Et c'est bien suffisant. Pourquoi ajouter un grain de sel ? Argumenter ? Peut-on demander au vent de prendre soin des gens ? Non, le vent les emporte et disparaît. La seule chose à faire, là, c'est d'empêcher que le vent n'emporte ma fille avec elle. Je dois la lester, la rattraper. Je ne la laisserai pas s'envoler.

Cette prof sur laquelle je misais tant est aussi creuse que les heures d'économie d'énergie de l'EDF. Une vacataire triste de ses vacations. Une souffrance en continu, qui se nourrit de sa souffrance et qui n'a pas trouvé sa place dans le monde. Une frustration qui me submerge. Mais bon, il faut garder le cap. Après tout, la philo en bac ES, c'est coefficient 4. Pas le Pérou. Si Armance assure en SES, coef 9, elle s'en sortira. Et elle ira faire un stage de maths chez mon petit frère, prof de maths, coef 5.

Oui, elle l'aura son bac, la belle, mais elle sera passée à côté de la philo. Et ça, je le regrette vraiment…

PRINTEMPS

Une envie de casser des fleurs

Des fleurs sur mon petit lopin de terre, il y en a eu des brassées. Et de toutes sortes. Plein les yeux. Deux mètres carrés de bouquets : des petits, des gros, des longs, des serrés, des unis et des bigarrés, des rapides et des sophistiqués, des sans intérêt et des touchants, des orange et des bleus, des bouquets forcés et des bouquets souffrants, des anonymes et des reconnaissants, des timides et des exubérants. Sans doute pas très cohérent tout ça, mais ça me réchauffait le cœur. C'était magnifique, et pourtant, bizarrement, je n'ai pas fait de photos. Un rassemblement de fleurs, belles à en mourir. Unique en son genre. Il y avait des petits mots, aussi, blancs ou colorés, accrochés dans des papiers transparents qui écrasaient les corolles. Des petits mots écrits pour ne pas être lus. Des petits mots que je n'ai pas ouverts. Des petits mots d'amour et d'amitié. Pour toi. De tes étudiants ; de tes collègues ; de tes amis ; de tes enfants. Des petits mots agrafés dans les pétales, dans de la chair de fleurs.

Les bouquets, forcément, n'ont pas duré bien longtemps, et à chacune de mes visites, je tâchais de prolonger leur petite vie de martyrs. Je réarrangeais les gerbes ; je coupais les tiges ; je faisais un bouquet pour le prix de deux, mais c'était bien quand même. Je me débarrassais des fleurs qui ruinaient l'équilibre chromatique ; je recomposais en camaïeux, plus doux, avec plus de goût. Mais fatalement, j'ai dû tout jeter. Tristesse.

Les fleurs qui restaient bien vivaces ou qui montraient qu'elles s'accrochaient à la vie, c'étaient les plantes en pots, organisées en compositions, plus ou moins réussies. De petites espèces de thuyas d'un vert tendre, de la couleur de l'herbe au printemps, y côtoyaient des roses de Noël ou des pensées bleues. Des bruyères, aussi. Et quelques jolies surprises : deux camélias en boutons, deux rosiers miniatures qui avaient passé l'hiver, des lierres qui avaient envie de filer sur la tombe d'à côté. Un véritable trésor. Une façon de dire « je t'aime ». Alors tous ces spécimens, je les ai plantés fidèlement, amoureusement, tendrement.

Les petits thuyas n'ont pas fait long feu, je l'avoue. Je reconnais que je ne les aimais pas. Ça reste moches, les thuyas, et, comme j'ai la main verte, je m'en serais voulu de les sauver… Alors, j'ai apporté mon sécateur, mes gants, et j'ai commencé à architecturer mon petit coin de terre. L'idée de découvrir la couleur des camélias me tenait, de voir les premières roses, de prolonger la floraison des bruyères, en bordure, comme une dentelle, d'attendre la floraison d'un bulbe caché sous le lierre et qui avait été placé là par un fleuriste facétieux qui faisait du zèle : quel est le pourcentage de chances que ce bulbe invisible finisse sa croissance à l'endroit précis où il allait se retrouver ? Une jonquille oubliée peut-être ? Un muscari ? Une jacinthe ? Une tulipe ?

J'ai toujours adoré le jardin, la terre, les fleurs... Je ferai de ce double mètre carré un Terra Botanica en réduction, une tête de Jivaro, un jardin à la française en miniature, avec ses buis et sa symétrie, un minuscule jardin à l'anglaise avec des herbes folles et des collerettes d'ancolies ou de Cœurs de Marie. Et j'ai commencé à creuser, à arroser, à prendre possession de ce jardin de rien du tout où reposait tout ce que j'aimais. Il a fallu apporter de la nouvelle terre, pour faire un vrai jardin. Il a fallu arroser cette terre. Il a fallu planter en silence. Émoi de découvrir que le rosier qui ouvre ses pétales est rose pâle ou que le camélia, trop malmené, n'a pas daigné fleurir et qu'il faudra attendre une autre année. Joie de découvrir la blancheur immaculée de l'autre camélia, plein de promesses. Je brûle d'impatience de voir la suite, accro comme dans une série Netflix. C'est ma série à moi, première saison. Ce jardinet – si tant est que la langue française m'autorise à utiliser ce mot pour désigner ce lieu –, ce sera *mi tierra del fin del mundo*, mon île, un lieu spécial, une sorte de livre où je viendrai écrire des fleurs pour toi. Ma carte au trésor.

Ce que je n'avais pas prévu, c'est que mon projet de végétaliser ma petite parcelle n'allait pas vraiment passer crème et ça me donnait une furieuse envie de casser des fleurs !

Lola

Elle était allée loin, dans la campagne, humant l'air du matin et essayant de courir aussi vite que possible dans les herbes et la rosée, mais le cœur n'y était pas. Son corps était lourd et ses jambes raides. Pas moyen, vraiment, de se défouler. Elle était rentrée, déjà fatiguée alors qu'il n'était que sept heures du matin, et elle s'était posée dans le grand canapé, vautrée comme une ménagère de plus de quarante ans qui se tape en boucle toute la misère du monde sur sa télé sans pouvoir l'éteindre.

— Tu viens, on sort ?

Non, je reste là. Je bouge pas. Pas envie. Je te rejoins dans la cuisine dans cinq minutes, pour ton café. Promis...

Il y avait quelque chose qui lui échappait et qui la rendait profondément triste. Mais où était-il donc passé ? Certes, elle le voyait souvent partir, des jours entiers, parfois une semaine, mais il revenait toujours. Et là, il n'était pas revenu. Alors elle l'attendait.

Mais l'attente était beaucoup trop longue. Alors elle avait commencé à se lécher l'intérieur du coude, en silence, un petit morceau de son corps, jusqu'à créer une véritable plaie, saignante et suintante. Et plus elle se léchait, plus elle s'apaisait. C'était devenu une sorte de drogue, un plaisir subtil, comme pour ces ados qui se font du mal pour apaiser leur souffrance.

On lui avait dit qu'elle irait consulter. Demain. Elle savait qu'elle aurait droit à des antidépresseurs... On lui avait ajouté de la cortisone, pour qu'elle arrête de se lécher. Mais rien n'y faisait. Elle adorait se lécher, de façon compulsive, et se faire saigner aussi. Son corps avait changé. En quelques mois, elle avait pris six kilos. De toute façon, elle s'en foutait, puisqu'il n'était plus là pour la voir...

Elle essayait de se rappeler. Ils étaient tous ensemble à Noël. Cela, c'était sûr. Et lui aussi, il était là. Avec sa casquette et sa canne au pommeau doré. C'était bien. Ils avaient pu passer plusieurs jours l'un sur l'autre, devant la télé, à écouter de la musique, à sortir un peu aussi. Pas beaucoup. Blottis l'un contre l'autre, se gênant mutuellement, mais c'était tellement bien ! Des gros câlins, sans fin, tête contre tête, et des caresses...

Et puis, un jour, plus personne. Un immense vide. La maison était devenue absolument déserte, alors qu'avant, il restait toujours quelqu'un dans la maison. Elle n'était jamais seule... Et puis après cette journée d'absence, le soir, il y avait eu un razde-marée humain. Tout un tas de gens qu'elle ne connaissait pas. Qu'elle n'avait jamais vus. Avec de la boue sous les chaussures et Nathalie qui ne disait rien. Les petits paquets de boue s'écrasaient çà et là sur les tapis. Sous la table. Cette boue venait d'un endroit inconnu, une sorte de *Neverland*, un pays de Jamais. Elle connaissait bien Neverland, parce que Nathalie avait beaucoup travaillé sur Peter Pan et elle l'avait entendue raconter son histoire. Peter Pan, le fossoyeur des enfants morts. Elle était trop triste son histoire, à Nathalie. Peter Pan, elle l'avait vu dans le film de Disney, avec les enfants, et c'était une histoire marrante avec des sirènes et des pirates, des Indiens et des enfants qui volent. Mais Nathalie ne voyait pas du tout les choses comme ça. Elle lisait beaucoup et avait une façon très personnelle de les comprendre. Elle disait que Peter Pan était un enfant mort, qu'il ne pouvait pas grandir, et qu'il était là pour ramasser les enfants tombés de leur berceau pour les emmener au Pays de Jamais. Neverland... C'était l'histoire la plus triste du monde, avec celle du Petit Prince. À pleurer quand on la comprend. Nathalie, elle m'aidait à comprendre les histoires autrement...

Ce fameux soir des petits tas de boue sous les chaussures, il y avait eu trop de gens dans la maison. Des gens debout, qui avaient à peine l'air de se connaître. Autour d'un verre et de gâteaux emballés dans des sachets en plastique. Des gens tristes, qui disaient des choses tristes, et Nathalie qui semblait perdue parmi ces gens… Et ils étaient partis comme ils étaient venus, dans leurs voitures ou dans des trains. Envolés. Comme Peter Pan ! Elle n'avait pas compris ce qu'ils étaient venus faire et surtout elle ne comprenait pas pourquoi, lui, il n'était pas revenu.

Depuis le coup de la cortisone, elle grossissait à vue d'œil alors qu'elle était si fine, si svelte, si bien foutue. Que diable lui arrivait-il ? Et pourquoi il ne revenait pas ? Son odeur à lui disparaissait petit à petit de la maison, des endroits qu'il aimait, où il se tenait. Le creux du canapé avait disparu… Il ne lui restait plus, à elle, qu'à se traîner du canapé à la cuisine et à attendre, encore et encore, le cœur lourd et les yeux fermés.

Et puis un jour, Adélie s'était approchée d'elle et lui avait tout balancé. Qu'il était parti pour de bon. Qu'on ne le verrait plus. Que c'était fini. Fini !

Et de la même manière que les bébés, c'est bien connu, comprennent tout ce qu'on leur dit, la bonne chienne avait compris, enfin, la tragédie. Les bras d'Adélie autour de son cou, les yeux bleus d'Adélie dans son regard couleur de bière, elle s'était remise à remuer tout doucement son petit bout de queue grise, sa petite pointe d'asperge, et elle avait donné un grand coup de langue à sa jeune maîtresse…

Avril

Mauvaise nouvelle

— Allez, un dernier petit bisou ma puce et hop en classe !

Il est 8 h 44. Je regarde ma petite dernière filer en courant à l'école, son cartable énorme sur le dos. Le cartable franchit la grille en courant, le sourire aux lèvres… Quelle grâce ! La regarder est un pur bonheur. Mon cœur se serre, mais elle est là. Mes enfants me tiennent debout. Cette petite est un ange. La voilà partie. Les autres sont déjà au collège et au lycée ; je vais pouvoir me mettre au travail. Écrire.

— Tu ne vas pas à la fac, aujourd'hui ? me demande une maman attendrie…

— Non, non, ordi toute la journée à la maison. Gros dossiers à préparer. J'ai enfin la paix, ça va le faire…

— Bonjour madame, comment allez-vous ?

Le papa de Marie-Capucine, sourire en travers du visage, arrive pour gratter l'amitié, mais vraiment, là, je n'ai ni le temps ni l'envie…

— Avec ce soleil, vous devez être bien chez vous ? Dans votre jardin...

— Oui, oui, impeccable. J'en profite chaque jour.

— Marie-Capucine n'avait pas appris sa poésie hier. On s'en est aperçus heureusement ce matin et comme elle a une excellente mémoire, elle a pu rattraper ça...

— Ouf ! Bon, il faut que j'y aille...

— Vous travaillcz aujourd'hui ?

— Oui, enfin non. Je serai à la maison, mais j'ai du travail...

— J'imagine que vous devez être bien occupée avec tous les enfants. Votre grand, ça va ? Il rentre le week-end ?

Cet homme est un moulin à paroles. Comment couper court ?

— Oui, il lui arrive de rentrer, mais maintenant il est grand. Il fait un peu ce qu'il veut...

— Ma grande aussi commence à avoir des velléités d'adolescente...

— Remarquez, vous avez encore un peu de temps devant vous. Elle n'a que onze ans, je crois.

— Oui, pouffe-t-il, mais elle commence à ne plus vouloir s'attacher les cheveux et à ne plus vouloir faire sa prière...

— Ah oui, en effet ! Ils grandissent vite ! Bon je file... Il y a un artisan qui doit arriver. Je ne voudrais pas le faire attendre...

— Et vous avez résolu vos problèmes de fuite chez vous ? Thérèse m'a dit que vous aviez eu des fuites importantes. Chez nous, on a eu une panne de sèche-linge. Je l'ai entièrement démonté et ça a l'air de remarcher. Je ne suis pas peu fier...

— Oui, oui, je gère. Le plombier m'a remis l'eau. J'aurai juste à faire creuser quarante mètres de tranchées pour enterrer les tuyaux. Galère, encore ! Allez, désolée, je file. Très belle journée à vous.

J'ai progressé. Ouf ! Il n'y a plus qu'une maman qui plie sa poussette. J'arrive à la hauteur de ma voiture. J'ouvre la portière. J'y suis presque. Disparaître de là et me mettre sur mon clavier... Mais la maman sort la tête de son coffre. Avec un curieux petit air déterminé. Elle ne me parle jamais... Pourquoi aujourd'hui ? Pourquoi prend-elle cette curieuse expression ?

— J'ai appris pour la mauvaise nouvelle, me dit-elle.

— ?

— C'est la vie. Je sais bien... Moi aussi, j'ai perdu ma tante l'année dernière. Je sais ce que c'est. Pas facile. Ça va ? Vous vous en sortez ?

Oui, l'homme que j'aime est mort. Ça doit être ce qu'elle appelle une « mauvaise nouvelle ». Je réponds, je réponds pas ? Elle me dit ça parce qu'elle a de la peine pour moi. Elle l'a juste mal dit. Hein, Nathalie, c'est pas grave, ça !

— Oui, oui, ça va. Merci. Pas le choix…
— Non, mais ça doit pas être facile.

Mais pourquoi donc les gens ne savent-ils pas se taire ?

Infractions : les racines de buis (1/4)

Le 22 mai 2018

Madame, monsieur,

Il vous a été concédé le 2 janvier 2018 un terrain de deux mètres carrés au cimetière de la ville à l'effet d'y fonder la sépulture de votre défunt mari.

Selon la réglementation en vigueur, le bénéficiaire de la concession peut construire sur ce terrain un caveau, un monument ou à défaut de ce monument y réaliser les plantations de son choix.

L'agent de surveillance des cimetières a constaté à ce sujet que vous avez planté sur le pourtour de ce terrain une série de nombreux arbustes de buis.

Je me permets d'attirer votre attention sur le fait que de tels arbustes peuvent avoir un système racinaire susceptible de s'étendre sur les concessions voisines. Je vous conseille par conséquent de les remplacer par des végétaux à très faible réseau racinaire ou bien de veiller à les tailler très régulièrement.

Je vous remercie, pour ce faire, de prendre contact avec Monsieur XXX au 0241XXXXXX.

Je vous prie d'agréer, madame, l'assurance de ma considération distinguée.

Yvan Delataille
Conseiller municipal délégué
aux affaires générales

*
* *

Le 1er juin 2018

Cher Monsieur,

Je vous remercie vivement de votre lettre et de l'attention que vous portez à ma concession. Une telle vigilance vous honore et je suis touchée de vos conseils très précieux en matière de plantations.

En arrivant au cimetière, j'avoue m'être étonnée de la tristesse des tombes et des monuments. Vous me direz qu'un cimetière n'a pas vocation à être gai… mais je me demande si cela n'est pas un contresens, finalement. Je comprends mieux ce qui est la cause de toute cette tristesse. La végétalisation de ma parcelle semble être un cas d'école (j'ai jeté un œil aux autres tombes et cela ne se fait pas), et croyez que je le regrette. Il m'est très vite apparu que les fleurs déposées en pots sur les tombes sont là pour y mourir et non pour y être entretenues. Le geste est facile et rapide. C'est un geste qui me déplaît, pour le manque de suivi du dossier. J'ai à cœur de planter mes propres fleurs en pleine terre, pour les voir s'épanouir, grandir, grainer et se reproduire. Sans doute faudra-t-il être vigilant également, à l'avenir, sur le destin de toutes les graines qui pourront se glisser dans tous les pots de toutes les concessions environnantes, qu'il s'agisse des cosmos que j'ai plantés en pleine terre, des ancolies ou des cyclamens qui, un jour ou l'autre, sortiront de leur parcelle et se répandront dans ce petit monde endormi. Je risque d'être dépassée par cette situation des plus incongrues, tout en restant intimement convaincue que les yeux d'eau qui rendent visite aux tombes sauront apprécier la fleur égarée ou le bulbe naissant. Tous ces marbres sans couleurs ne peuvent-ils pas laisser passer, dans leurs interstices, ces petites graines pour redonner au lieu un peu de joie ?

Si la pyrale du buis épargne mes jeunes plants qui auraient eu leur place dans les plus jolis parcs de châteaux, mais qui semblent ici inappropriés, alors veuillez croire que je saurai les tailler pour qu'ils ne sortent pas de leur parcelle et que leurs racines restent à leur place. Je le ferai avec la plus grande fermeté. Vous pouvez y compter. Cela dit, il me tarde de voir leur évolution : il me tarde de les voir grandir, de les voir s'épanouir en tapis, en sculpture, en rêverie végétale, et je me prépare de nouveau à recevoir les courriers de votre ville fleurie.

Rassurez-vous, ma folie est douce et pas éternelle… Comme vous le savez – puisque Voltaire nous a éclairés là-dessus –, il faut cultiver son jardin. C'est tout ce qui me reste. Je compte bien le faire tant que je suis en vie. Ayant déjà réservé horizontalement une place au-dessus de mon mari quand l'heure sera venue, je gage qu'un marbre sage et docile saura nous réconcilier vous et moi, mais il n'est pas dit que les efforts que j'aurai faits pour rendre cet espace unique et charmant, singulièrement coloré, n'auront pas été copiés et n'auront pas donné enfin à ce cimetière les couleurs qui lui manquaient.

En vous remerciant de votre compréhension, je vous prie de croire, monsieur, en l'expression de mes salutations distinguées.

Nathalie Prince

Début mai

Inventaire

8 h 45. C'est l'heure où je suis à moi. Les enfants posés à l'école, au collège et au lycée. Où le temps va s'écouler à mon rythme et pas au leur… Où je peux boire mon café *en silence*. Où je peux lire plusieurs pages d'affilée sans être interrompue par des questions fondamentales : « Quel jour on est ? » ; « Tu veux savoir la nouvelle histoire avec les filles ? » ; « On va manger quoi ? » ; « À quelle heure on mange ? » ; « C'est quoi un orgasme ? » Bref, le moment délicieux du vide sentimental : plus d'alertes, plus de bruit. Rien. Juste le petit cristal des courriels qui entrent sur l'ordi, en grappe joyeuse. Et les chants de mes paons, au loin, dans la campagne. Tout cela est bien. J'en profite.

L'interphone de la maison retentit :

— Madame, bonjour, Étienne Giry de l'Oison, pour l'estimation de vos biens.

Arrgh ! Complètement oublié celui-là… Même pas le temps de finir mon café !

— Bonjour, je vous ouvre le portail. Vous êtes en avance. Le notaire m'avait dit 10 heures.

— J'ai noté 9 heures. Et je suis un peu en avance. Souhaitez-vous que j'attende ?

— Non, non allez-y, entrez !

Quelques minutes plus tard, planté avec son porte-documents en cuir irréprochable, il pénètre dans la maison. Tout jeune, une gravure de mode. Une caricature aussi. Mécheux, pantalon de couleur, chemise blanche et veste bien coupée. Boutons de manchettes. Et lunettes griffées.

Celui-là, il est sorti tout droit du lycée Saint-Martin. Assis sur les bancs de l'église tous les dimanches, avec papa, maman et les cinq frangins. Maman, très fière de ses garçons, grisonnante et le visage encadré d'un serre-tête. La robe bien ajustée. Faudrait pas de faux plis. Et puis il avait rencontré Blanche chez leurs amis, très jolie. Pas très causante. Mais qui semblait cocher toutes les cases. À trente-deux ans, il ne l'aime déjà plus, mais il fait avec. Elle a un don pour le pourrir. Sans rien dire. Elle fait la gueule en permanence. Toujours un truc à lui reprocher. Fille de militaire. Pas une seconde où elle n'est pas sur son dos. Alors, il rêve de la petite Sandra, qu'il fréquentait dans ses années collège, rigolote et sans arrière-pensées. Une fille sympa qui avait poussé sans entraves au lycée public, dont les seins avaient explosé comme des fruits trop mûrs pendant que ceux de Blanche étaient restés à leur place… Il la croisait, en ville, par hasard, et elle lui rendait toujours son sourire. Une fleur des champs, sauvage et fruitée. Ce sentiment qu'à trente-deux ans, avec déjà deux enfants sur les bras, on est passé à côté de sa vie, c'est dur. Normalement, on s'en rend compte plus tard, quand les enfants commencent à devenir grands et qu'on se dit qu'on pourrait prendre la tangente, filer à l'anglaise avec les deux seins de Sandra en balade. Mais on sait bien que c'est trop tard, et que c'est foutu...

— Un café ?

— S'il vous plaît.

— En fait, je n'ai pas trop bien compris ce qui allait se passer aujourd'hui. Vous venez faire quoi exactement ?

— Je suis chargé par votre notaire de faire une estimation exhaustive de la totalité de vos biens mobiliers afin de déterminer la hauteur de la succession puisque j'ai cru comprendre que vous aviez des enfants.

— Oui, quatre.

— Bien. De fait, c'est nécessaire de faire cette démarche.

— Du sucre ?

— Non merci. J'appelle votre notaire, car je viens de vérifier dans mon agenda : il était bien prévu que je vienne à 9 heures.

— Oui, mais lui a bien prévu de n'arriver qu'à 10 heures, puisque c'est l'heure qu'il m'a communiquée.

— Bon. Alors on va attendre.

— Vous ne pouvez pas faire ça tout seul ?

— Non, madame.

— Cela dit, je pourrais peut-être commencer par la cuisine, pour avancer un peu. Cela fait partie des grosses pièces à expertiser.

— Ne vous gênez pas. Je quitte la pièce pour vous laisser travailler.

— Non, non, s'il vous plaît.

— Non quoi ?

— Il faut que vous restiez avec moi.

— Hou là ! Pendant toute l'estimation ?

— En effet, madame.

— Eh bien allez-y, puisque je suis là. C'est quand même très contraignant. Je ne vous cache pas que l'exercice pour moi est désagréable, mais si en plus, je ne dois pas en rater une miette…

— Oui, je comprends, madame. Bon, alors je commence : un Thermomix, ancien modèle, 200 euros.

— Vous notez le Thermomix ?

— Oui, madame. Un lave-vaisselle, marque Bosch : 200 euros.

—… Et le lave-vaisselle ?

— Oui, madame.

— Encore une chose, me dit-il en me montrant un point à travers la fenêtre de la cuisine avec le bout de son Montblanc.

— Oui ?

— Dans le jardin, juste devant la fenêtre, c'est un canon de 12 ?

— C'est ça en effet ! Un canon de 12 de la seconde moitié du XIXe, sans doute utilisé pendant la guerre de Crimée ou peut-être la guerre de Sécession. Pour tirer des boulets ou de la mitraille. Des obus, aussi, c'est un objet très particulier, très polyvalent. C'est passionnant. On n'en a pas trop l'usage, évidemment, mais mon mari l'avait déniché dans une brocante et il n'a pas bougé de là depuis dix ans.

— C'est du matériel de guerre. Vous avez une dérogation ?

— Pour quoi ?

— Pour posséder cette arme.

— Non, mais c'est juste de la déco. Mon mari avait la manie d'acheter des objets un peu farfelus.

— Oui, mais c'est interdit. Seules certaines professions peuvent détenir ces armes. Vous faites quoi comme métier ?

— Euh, professeur de lettres. Vous pensez que c'est OK pour une dérogation ?

Silence.

— Mais que dois-je faire ? Une déclaration d'objet non déclaré ?

— Non. Votre canon est une arme de guerre et c'est interdit de posséder cela chez soi.

— Soit. Je vous avoue que je n'avais pas trop ajouté ça à ma liste de choses à faire.

— Avoir des armes de guerre chez soi, ça ne vous pose pas problème ?

*

* *

Deux heures et demie plus tard, une fois le notaire accueilli, le café bu et la liste établie sur une trentaine de pages (écriture de mouche ; pattes fines ; addition vérifiée), notre jeune Oison ramasse ses notes et me salue très poliment.

— Madame, nous allons vous demander un chèque de 443 euros.

— C'est énorme ! Pour faire la liste de ce qui m'appartient, je dois en plus vous faire un chèque ?

— Oui, cela sera déduit de la succession…

— À quel ordre je fais le chèque ?

— À l'étude.

— Bon, très bien. Ce monde est fou. Plus rien n'a de sens.

— Nous reprendrons contact avec vous pour l'expertise de votre maison.

— C'est ça.

— Le prestataire vous donnera un document précis concernant votre maison, le nombre de pièces, la taille des pièces. Tout sera mesuré et vous sera remis par l'agent qui travaille pour l'étude…

Silence, que je brise, histoire de faire la conversation :

— Remarquez, c'est toujours intéressant de connaître la valeur de sa maison…

—… en fait, vous n'aurez pas accès à l'expertise… puisque, comme vous le savez, un juge de tutelle sera affecté à vos enfants mineurs. Et nous ne pourrons pas vous communiquer l'estimation tant que la succession ne sera pas achevée.

— C'est ça.

— Nous revenons vers vous dès que possible.

— C'est ça.

Les deux voitures ont quitté la maison en fin de matinée. Il est 11 h 55. Je vais pouvoir aller chercher Adélie pour le déjeuner. Pile-poil à l'heure. J'ai le cœur serré… Voilà, c'est fait. J'ai encore coché une case dans la liste des choses à faire. Reste l'estimation de la maison. Et l'on devrait pouvoir achever la succession.

Je me dis que si je n'étais pas mariée, je n'aurais plus rien. Que tout ce que j'ai fait de ma vie serait anéanti. Que ma maison ne serait plus ma maison. Que si je t'ai épousé, c'était pour que tu récupères des points de l'Éducation nationale et que tu quittes Verdun où tu avais été affecté pour ta première année d'enseignement. Un mariage à la hâte, au mois de février, sans robe à dentelles blanches, mais avec le tailleur que je portais le jour de ma leçon d'agrégation !

Je me dis que si je ne travaillais pas, je devrais tout vendre pour m'en sortir. Et repartir à zéro… Bim. Une vie qui s'envole comme une bombe de bain. Trois petits tours et puis s'en vont. Des bulles partout et puis une eau triste. L'eau est devenue froide. Plus rien ne pétille. Calme plat. Ça a duré quoi ? Trente ans ? Cinq minutes ? On ne jouit pas assez du moment présent.

Et je me dis que personne n'a estimé ton chien, un Braque de Weimar pure race inscrit au LOF. Je le refilerais volontiers ! Personne n'y pense à ton chien. Il vaut beaucoup plus que le Thermomix ou le lave-vaisselle, et je ne te cache pas qu'il est beaucoup moins utile… En plus, j'ai dû investir dans un gros coussin pour la cuisine à cause de sa neurasthénie et des plaies de léchage qui l'ont occupé pendant des mois, sans compter les frais de véto. Tiens, le coussin, il l'a pas mis sur la liste !

Non seulement il faut gérer l'absence et le manque, mais aussi ce sentiment que je ne peux plus être moi-même chez moi.

Je me dis que tout cela constitue un putain de bordel de merde, et que tu m'as bien plantée, là.

Fin mai

La psy

Sabine ronchonne.

Depuis son réveil, la journée est pourrie. Elle a commencé par faire tomber sa biscotte dans son thé au jasmin et le chemisier blanc du matin a pris cher. Sans compter le chien qui n'a pas demandé à sortir pour faire ce qu'il a eu envie de faire pile sur le petit tapis à fleurs de l'entrée… Y a des jours comme ça où on devrait même pas aller bosser. Et ça, on le sait quand on met le pied par terre. Et quand on le sent, on devrait pouvoir le dire à son employeur pour éviter d'aller dire ou faire une connerie dans ladite journée. Ça ferait comme un jour férié. Oui, c'est ça. Il faudrait instituer « la-journée-pour-éviter-de-dire-ou-faire-une-connerie ». On le sent, en général, quand ça vient. Ce matin-là, donc, Sabine n'est pas vraiment dans son assiette. Et elle le sait.

Tout ce qu'elle a entendu dans la matinée la déprime. Tous ces gens tristes, ravagés, qu'elle accompagne à longueur de journée, ça a commencé à faire un cortège funèbre. De toute façon, plus ça va, moins elle supporte son boulot. Faut se faire une raison : côtoyer la mort, c'est bien quand on est jeune, mais ça vous passe. Et il y a un moment où on n'en peut plus. Trente ans qu'elle fait ce boulot : psychologue pour les enfants dans une permanence rattachée à un centre de cancérologie. Au début, elle y arrivait à écouter les gens, ceux qui restent, les familles, les grands frères et les petites sœurs, les larmes des uns et les sanglots des autres, les cris qui font du bruit et ceux qui n'en font pas. Mais là, fini, plus personne. Rien que d'entrer dans la salle d'attente, elle a des haut-le-cœur à l'idée d'entendre leurs histoires à eux, et elle a désappris à sourire.

C'est sûrement pour ça qu'elle s'est fait larguer, à cinquante-six ans, par le père de ses trois enfants. Du jour au lendemain. Plus rien depuis des années, un ronfleur invétéré, mais ça faisait toujours de la compagnie. Ménopause carabinée et interminable : toujours l'impression de sortir du bain, un corps qui prend la tangente et les cuisses qui dégoulinent. Le cheveu gras et le moral dans les chaussettes. Lui, il se porte pas si mal quand on y réfléchit bien. C'est vraiment injuste de voir que les hommes prennent leur revanche sur le tard ! M'enfin, il était là. Les petits dîners, la télé du soir, les apéros chez les copains. C'est ça un couple solide. Merde. Rien vu venir. Le soir, plus personne : envolé le pyjama ! Et pas tout seul. Avec sa meilleure copine, à elle… Pas d'explication ; pas de précautions. Jetée, comme la première pierre dans une lapidation. Pas complètement fatale, la pierre. Juste la douleur qui s'ouvre et qui grandit. D'un seul coup, son cœur s'est durci. Et depuis ce jour, c'est plus vraiment son truc d'aider les gens, en fait. Faut qu'elle se concentre sur elle, d'abord…

Feriez pas pareil ?

Qu'est-ce qu'elle fout là, cette bonne femme ? Elle n'a pas rendez-vous… Et là, c'est l'heure de son café ! Personne ne vient jamais sur ce créneau. C'est son petit protocole à elle, son café noir pour brûler les idées noires et respirer un coup avant l'assaut des patients de l'après-midi…

*

* *

Je me lève en voyant la psychologue rattachée au Centre de cancérologie avancer vers son bureau, un gobelet de café à la main, avec un chemisier un peu douteux.

— Euh, bonjour. Pardonnez-moi de vous déranger. Je m'appelle Nathalie Prince. Je n'ai pas pris de rendez-vous, mais j'aurais souhaité vous voir un instant pour discuter de mon fils. Votre collègue m'a dit par téléphone d'arriver à 13 h 30 avant votre permanence et que vous auriez un moment d'écoute.

— Oui, oui, je vous prends tout de suite. Suivez-moi… Tenez, asseyez-vous, dit-elle en me présentant un siège couvert de Legos et en touillant son café avec application. Qu'est-ce qui vous arrive ?

— J'ai perdu mon mari il y a quelques mois. L'institut de cancérologie m'a dit que vous seriez disponible en cas de difficultés. J'ai des difficultés.

— Oui ?

— J'ai quatre enfants, dont un jeune garçon de douze ans. Non treize ans. Il vient juste d'avoir treize ans. En soi, c'est déjà un âge pas facile : le corps change, la voix mue, l'acné… Une personnalité hypersensible. Pas scolaire, mais un haut potentiel intellectuel. Hier, il n'a pas voulu aller au collège. Bon, ça lui arrive de temps en temps. Je reconnais que je ne force pas trop depuis la… enfin, vous comprenez. Mais hier, c'était autre chose. Il ne s'est pas levé à 7 heures, mais pas non plus à 10 heures, à 13 heures. En fait, il n'est jamais sorti du lit. Jusqu'au lendemain matin. Et c'est le lendemain que j'ai vu que sa main était scarifiée. Enfin je crois qu'on dit comme cela. Il s'est abîmé toute la main avec une lame.

J'ai un peu de mal à parler. Ça me pèse. C'est comme si je devais aller chercher les mots au fond d'un puits très très profond et aussi très très étroit. Ça se coince pour remonter. Les mots touchent les parois et cognent. Ça prend du temps. Un temps qu'on pourrait découper au couteau.

— Que lui avez-vous dit ?

— Je lui ai dit tout de suite que j'avais vu ce qu'il avait fait, que je savais ce que voulait dire son geste, que j'étais là s'il voulait me parler, que j'étais là tout court.

— Oui et il vous a parlé ?

— Non, pas du tout. En fait, il ne parle quasiment pas. Il fait des… blocages. Je ne sais pas quoi vous dire. Mais je sens que je ne pourrai pas gérer toute seule sur ce coup-là.

— Il a trois frères et sœurs, c'est ça ? L'aîné a quel âge ?

— Dix-neuf ans. Mais il a quitté la maison à dix-sept ans, pour faire ses études. Du coup, je ne peux pas lui demander de lui parler. Là, c'est vraiment dur. Et je ne sais pas quoi faire. Comment l'aider. Comment lui parler.

— Mais en fait, le *problème*, c'est quoi exactement ?

Je lis à livre ouvert sur le visage de cette femme. Je vois bien qu'elle est ailleurs. Pas avec moi en tout cas. Et je vois bien que tout ce qui a coulé si péniblement de mes lèvres est tombé dans le vide. Elle aussi, elle est perdue. C'est quoi son *problème* à elle ?

Je m'interroge en inversant les rôles.

Et lui, Ambroise, il a fait quoi, exactement ? Que veut dire cette blessure qu'il s'est infligé ? Comment la panser ? Comment diable la penser ? Il a fait sur lui un travail d'écriture. Il a écrit sur son corps.

C'est son corps qui pense cette marque-là. Se scarifier, ce n'est pas autre chose qu'écrire ! *What else* ?

Ecrire, n'est-ce pas ce que je fais, moi ?

Je dirai à mon enfant que je l'ai lu.

On sonne à la porte.

— Écoutez madame, votre enfant pourrait-il venir à la permanence ?

— Non, en fait, je pense qu'il ne viendra pas. Votre collègue m'a dit que vous faisiez des visites à domicile.

— Oui, mais je me demandais si vous ne devriez pas d'abord aller voir votre médecin traitant.

— ?

— Oui, pour les plaies. Le médecin doit être mis au courant.

— Et pour le pourquoi des plaies ?

— Écoutez, madame, le cas est lourd, quand même. Vous me dites que votre enfant est précoce, qu'il est en pleine crise d'adolescence et que ça passe par des scarifications, et qu'il a perdu son père. C'est le troisième d'une famille de quatre. Cela fait beaucoup. S'il avait seulement perdu son père… mais là… surtout si l'enfant ne ressent pas de lui-même le besoin de venir se confier…

Nathalie, tu as forcément mal entendu. Elle va ajouter un truc, se reprendre.

Mais non. Rien ne vient. Je romps le silence :

— Vous croyez qu'un enfant de treize ans va se dire de lui-même : « Tiens, aujourd'hui, je vais aller chez le psy. Ça va me faire du bien… » Comment voulez-vous qu'il fasse la démarche intellectuelle de lui-même ?

— Oui, je sais, c'est compliqué. Je vous souhaite très bon courage pour la suite. Je vais devoir vous laisser parce que mon rendez-vous de 14 heures est arrivé.

— Euh, oui, bien sûr. Bon alors, je vais parler avec lui, mais je ne crois pas qu'il viendra.

— Faites pour le mieux…

Runner's high

Pff-pfff-pfff… Oui, c'est ça… Pff-pfff-pfff… Oui, continue comme ça, Nathalie : souffle, allonge, pousse…

Cours, Nathalie, cours !

Du rythme ! Du rythme avant toute chose ! Quelques minutes s'écoulent et me voilà entrée dans un état d'euphorie quasi absolue, d'extase, de joie. Casque sur les oreilles, bien sûr, sinon je franchirais pas les grilles de la maison… De la musique à fond. Et puis le vide. Pouf ! Le monde qui disparaît d'un coup. Qui s'efface. Loin, loin, loin. Juste cette musique et ce corps qui bat. Que l'on sent battre. Une nouvelle jouissance. Jamais j'aurais cru ça.

Je pars de très très bas, en vrai. Impossible de reprendre une activité physique en groupe. Un truc collectif. Genre danse collective, zumba ou gymnastique en salle… Non. Je peux pas. Je veux pas. Me retrouver enveloppée de monde, je ne suis pas prête encore. J'aimais bien cela avant. Mais là, ce dont j'ai besoin, c'est d'être seule. De me retrouver. De savoir qui je suis. Curieusement, paradoxalement, au lieu de fuir cette solitude qui m'inonde, je m'y complais. Je m'y noie. Je suis en immersion. Entre deux mondes.

Solipsisme. Je doute.

Je suis entre les ténèbres et la lumière. Je suis enfermée en moi. Je dois sortir de moi. Je suis dans le théâtre baroque du monde. La vie est un songe. Je dois basculer dans un autre monde. C'est ça. Je dois changer de monde. Comme dans les *fantasy*. Basculer dans un monde extraordinaire, et sortir de ma peau de ténèbres. Mais où est l'armoire magique pour basculer, pour trouver de nouvelles images ? Je sais que plus rien ne sera *comme avant*. Mais comment faire ? Comment se reconnecter au monde ? Où est cette satanée porte d'un autre monde ?

C'est là que j'ai eu l'idée de courir. J'ai voulu percer le mystère du second souffle. Il faut bien le dire. J'ai toujours couru assez minablement, depuis que je suis ado, avec les copains, pour les sports que je pratiquais, avec les enfants. Toujours la même souffrance. Les points de côté. L'enfer de l'effort. L'absence de jeu. L'ennui. Mais là, j'étais déterminée. Plus par l'envie de savoir de quoi l'on parle que par une quelconque motivation de perte de poids ou d'entretien personnel. Donc, pourquoi courir ? Qu'est-ce qui motive les gens ? Franchement, courir, c'est pas ludique. Alors j'ai voulu savoir. Il y a des mystères à percer. Celui-ci en était un. Pour moi. Après tout. Pourquoi ne pas percer ce mystère-là ? Alors j'ai pris mon ordi et surfé sur le net : « running », « comment gérer son effort pendant la course », « préparer son entraînement », « le deuxième souffle »...

J'ai suivi à la lettre tous les conseils donnés sur la toile, et j'ai avancé progressivement, tous les 4-5 jours, en petites foulées, gagnant chaque fois du terrain, du temps, du souffle. 11 minutes, 13 minutes, 21 minutes (waouh !!!), 23 minutes, 28 minutes (yeah !!!)... Je reconnais que les débuts ont été difficiles. Et même franchement décourageants. Adélie, qui m'accompagnait au début, courait plus vite que moi, ou allait quasi aussi vite en marchant. La loose. Et Ambroise qui me balance que je cours comme une mémé. Mais à y retourner avec cet objectif qu'il va se passer quelque chose, j'ai touché mon but. Une sorte d'épiphanie à la cool. Une révélation. Et les mômes qui sont largués dans l'affaire.

Alors ça fait quoi de courir ? C'est juste un état de grâce. Mais ça fait maintenant trois mois que je cours. Je cours après quoi ? Je cours après ma vie. Après mon amour perdu. Je cours après moi. Je me remplis de musique. Je suis la musique. Je ne sens plus mon corps. Je vole. Vrai de vrai. Je vole. Je ne vois pas ce monde autour de moi qui m'aspire et qui m'enferme. Je m'ouvre à moi-même. Je renais. Je pense que je suis vivante. Elle est peut-être là la porte que je cherchais !

Alors j'y vais, toute seule, une ou deux fois par semaine, et j'écris dans ma tête des listes d'envie, des listes de désirs. J'écris dans ma tête. Ça avance. Les idées me viennent. Pff-pfff-pfff. Endorphine. Pff-pfff-pfff. Dopamine. Pff-pfff-pfff. Noradrénaline. Pff-pfff-pfff. Endocannabinoïdes. Pas joli ce mot. Mais grave efficaces les petites hormones ! Pff-pfff-pfff. Sérotonine. Houellebecq a tout compris. Mais je suis pas sûre qu'il coure. Pff-pfff-pfff. Adrénaline. Pff-pfff-pfff. Anandamide. Petit cocktail explosif. Pas d'herbes. Juste une nouvelle façon d'être dans son corps.

C'est vrai que c'est dingue ce truc. Quand on le fait bien. Quand on prend le temps de bien le faire. Avec intelligence. Quand on prend du temps pour soi. Une addiction véritable. L'esprit qui jouit pendant l'effort. Comme quand on rédige une dissertation en sept heures. Sans lever la tête. Il y a un moment qui arrive où tout devient fluide. Le point G dissertatoire. Une alchimie. Un orgasme. Les idées, les exemples, le raisonnement s'enchaînent et s'imposent. Eh bien, le revoilà ce moment. Insensé. Les arbres qui défilent. La musique qui explose dans ma tête. Courir en cadence. Courir en rythme. Et cette sensation d'habiter le monde en liesse. Que tout s'aligne et qu'on danse au-dessus des étoiles.

Pff-pfff-pfff. C'est la fin. Je bloque mon appli. Je me fais plaisir. J'enregistre ma course. 1 heure. Presque 10 kilomètres. Après trois mois d'entraînement. Je regarde mon petit circuit sur l'écran. On dirait un ver de terre écrasé. Un trait, une toute petite boucle et encore un trait. Un calligramme d'Apollinaire. Dessiner en courant. Écrire un vers. Et un nouveau record. J'ai fait une minute de moins que la dernière fois. J'ai envie de faire mieux. Je ferai mieux. Pff-pfff-pfff. Je me relâche. Je suis tellement bien. Ça va me durer encore. Une petite heure. Pendant laquelle le monde peut bien s'écrouler. Je pourrai faire face. Une petite heure de rien du tout. Mais en même temps une heure, c'est déjà beaucoup. Là, je suis maître du monde. Comme Rose sur la proue du *Titanic* avec Leonardo dans le dos ! Une heure à soi. Où l'on compte pour soi. Où l'on devient son propre monde. Son utopie. Où l'on se sent pousser des plumes, toutes douces, des ailes. Où l'on va très très haut. Où l'on plane. En courant. Après les étoiles. Au-delà du principe de plaisir.

Comme quoi, faut vraiment faire ses propres expériences pour savoir de quoi on parle. Et pas se contenter de regarder *Forrest Gump* à la télé.

Allez, cours, Nathalie, cours !

Été

Le mal de terre

La vie des animaux, surtout des petits animaux, n'est pas celle des hommes et nous n'avons vis-à-vis d'eux aucune responsabilité, et donc aucune crainte ni scrupule. C'est ce qui se passe lorsque je me promène, lorsque je cours, lorsque j'aplatis des insectes sous mon pied ou que je les laisse vivre indifféremment... Araignée du matin, chagrin. Je l'écrase et je la tue. Araignée du soir, espoir. J'ouvre la fenêtre pour la laisser sortir.

Ma gentillesse pour les petits animaux est presque toujours meurtrière : je veux sauver une mouche dans mon café et je la noie ; je veux sortir une sauterelle de ma cuisine et je lui arrache une patte ; je veux libérer une libellule prise au piège de la vitre et je l'écrase. Ils sont si fragiles, ces petits animaux, que la moindre de nos caresses les tue, que le moindre de nos gestes peut être fatal, comme lors de ces soirs d'été, lorsque les petites bêtes sortent en nombre et pullulent, et que le moindre de nos gestes est fatal pour elles : je marche et je les réduis à néant ; je frappe des mains et je les broie ; je respire et je les avale… J'aime pourtant ces petites bêtes et je voudrais, sinon les sauver toutes, du moins les laisser vivre leur vie de rien à côté de la mienne de peu. J'ai pris l'habitude, cela fait bien longtemps, de ne plus tuer les petits animaux, de ne plus prendre la vie des petits êtres, comme dans cette histoire que me racontait mon grand-père. L'histoire de Simplot, qui sauve une fourmilière et que les fourmis aident à retrouver chacune des perles d'un collier perdu dans la forêt. Grâce aux fourmis reconnaissantes, Simplot sauve sa vie, celle de ses frères et épouse la princesse… Quand j'ai grandi, j'ai continué à avoir cette manie des petites bêtes. Tu te rappelles ? Nous placions sur nos rosiers des larves de coccinelles pour « s'occuper » des pucerons. Alors rien d'étonnant à ce que mon petit coin de terre soit devenu un refuge pour les petits animaux.

Impossible de m'agenouiller sur cette terre-là sans adoration. De fait, ceux qui s'y trouvent doivent être bien. Le premier que j'ai rencontré, c'était un ver – ma foi – bien ordinaire, et je l'ai lancé quelques mètres plus loin dans une bande d'herbe encore non travaillée pour accueillir un mort. Et puis, j'ai regretté. Alors j'ai couru pour le récupérer, pour le retrouver. Je l'ai cherché longtemps, patiemment, à quatre pattes, et avec réussite. Il se tortillait frénétiquement en attendant son supplice, un bout d'herbe dans la bouche. Quand j'ai voulu lui prendre son herbe, *il a tout fait pour la garder* ! Il a fait de la résistance. Comme ça, crânement. C'est pourquoi je ne lui ai pas demandé ses dernières volontés et je ne lui ai pas bandé les yeux ! Une première expérience. Un échange sensible qui m'a beaucoup appris. Le vol plané ne semblant avoir fait aucun mal à l'animal, j'ai creusé un sillon pour lui refaire de la place dans mon coin à moi et il a su rapidement faire son trou…

La terre n'est pas trop sèche, ici, parce que je vais souvent arroser. C'est un terrain accueillant pour lui. Bon, je n'ai évidemment pas installé un arrosage automatique relié à mon iPhone façon high-tech, mais le sol y est bien drainé, avec tout ce petit peuple souterrain. Je n'en suis pas à leur donner des noms à ces bestioles cambrées qui s'agitent sans relâche, mais il faut bien reconnaître qu'elles font du bon boulot. Maintenant, chaque fois que je sors ma petite pelle noire et que je mets au jour un de ces corps infatigables, je le replonge aussitôt, comme si je n'étais plus seule à faire le job autour de toi.

J'ai appris récemment que la disparition des vers de terre était un événement aussi désastreux et inéluctable que la fonte des glaces. Alors je me concentre sur leur survie, comme si ma vie en dépendait. Maintenant, quand je vais dans ma closerie, je vais à la rencontre de tout un petit peuple qui habite le sous-sol. Deux mètres carrés en surface, mais les sous-sols les plus profonds… Et dans les entrailles de la terre, non pas des créatures sombres, cruelles et brutales, mais des petits esprits de ma Terre du Bout du Monde, agiles, intelligents et sensibles. Cléopâtre a fait du ver de terre un animal sacré ; Darwin a montré son pouvoir sur la transformation, le cycle de la vie, l'équilibre de la terre…

C'est cet équilibre que menaçait la décision terrible du maire de la commune : quoi, je n'aurais pas le droit de végétaliser ma parcelle de concession et d'y installer une charmante petite grille en fer forgé ? L'affaire allait prendre une tournure inattendue : mon cœur avait dégringolé de trois étages dans ma poitrine. Sans doute le mal de terre…

3ᵉ dimanche de juin

La fête des Pères

Jour spécial et triste. Personne ne dit rien. On fait comme si tout était normal. Mais, en fait, chacun porte un cercle de fer dans le cœur. Journée normale. Activités normales. Une lessive. Je descends à la cave, prépare mon linge, remonte bosser un peu. Je file préparer une chambre, pour des amis qui vont venir. Je lis un livre avec Adélie. Je lis un livre sans Adélie. 11 heures. Je file chercher mon poulet au Carrefour Market. Ma petite vie, quoi. C'est dimanche. Poulet certifié et beaucoup de sauce dans le sac, s'il vous plaît, madame. Le poulet m'attend. J'ai téléphoné à 9 heures pour le réserver. Pas question d'oublier le poulet ! Une fois, je suis arrivée juste avant la fermeture de midi, et on me l'avait piqué, mon poulet, avec mon nom dessus ! Et ça avait été un branle-bas de combat. Le charcutier avait hurlé au micro : « Le poulet de Mme Prince a été enlevé. Merci aux caissières de vérifier les étiquettes aux passages des poulets en caisse. » Arrgh ! C'était pas très grave… Je pouvais faire cuire mon poulet moi-même… Mais non, ça avait été une véritable traque, jusqu'à midi. Et j'avais eu les excuses les plus plates du charcutier et de la gérante. Elle a réservé un poulet et quelqu'un lui a pris. Dans quel monde vivons-nous, madame ? Bon, ce matin, personne n'a eu le mauvais goût de me piquer mon poulet. Mais faut dire que le charcutier, maintenant, il le planque derrière la rôtissoire. Pour pas que ça se reproduise… Je vais faire des frites. Les enfants seront contents. On sera quatre aujourd'hui. Anselme n'a pas fini son stage, mais bientôt, il sera là…

Et bim, un mot de ma mère : « Triste journée. Bisou. »

Ça va le faire. Cette journée a forcément une fin et, demain, ce sera un autre jour. Je vais emmener les enfants se promener. Avec un peu de chance, ils rencontreront des copains.

Et on sera demain.

Et je rentre, avec mes courses, mon poulet et ma barre de fer dans le cœur. Fête des Pères. Promo fête des pères. Gâteau fête des Pères. Idée cadeau fête des Pères. C'est sûr qu'on peut pas passer à côté…

— Les enfants, je suis rentrée. Venez m'aider à ranger les courses !

Les deux petits accourent et j'ai droit à de l'aide et à un câlin.

— Armance m'a dit de te dire qu'elle était partie au cimetière, me murmure Adélie de sa petite voix douce.

— Ah ?

Le temps passe. Armance ne revient pas. Voilà une heure que je sais qu'elle est partie, que je sais où elle est, et qu'elle ne revient pas.

Cela me paraît long.

Une heure trente. Cela me paraît trop long… J'y vais ? J'y vais pas ? C'est important de la laisser seule, mais c'est important aussi de savoir si tout va bien. Encore cinq minutes, et je vais la rejoindre.

Elle est là, au cimetière, assise en tailleur, à réviser sa philo, dans l'herbe, en face de la tombe de son papa. Elle est partie à pied, la princesse, avec ses fiches de bac et son sac de toile. Assise sur sa veste et sous le soleil… Il est près de 13 heures. Il fait déjà très chaud…

Je la regarde, cette petite fille de dix-sept. Elle n'en a toujours fait qu'à sa tête. Mais je sais, depuis qu'elle a sept ans, qu'elle saura donner du sens à sa vie. Même si ça doit passer par n'importe quoi. Moi, je n'ai sûrement pas assez fait n'importe quoi à son âge, alors je la regarde de loin et je l'envie de faire ses propres expériences, d'être aussi libre dans sa tête. Elle croit que je ne sais pas tout cela. Elle se trompe. Je suis remplie d'elle à satiété. Je connais son cœur et son esprit. Elle, elle croit qu'elle m'échappe. Tant qu'elle le croit, j'ai encore le contrôle.

— On va y aller, ma puce ?

J'ai les larmes qui coulent toutes seules, comme une source. À aucun moment j'ai senti que je pleurais, et pourtant je vois les larmes me couler sur les cuisses.

Elle se lève. Ses larmes coulent aussi.

Une épiphanie.

On se sourit ; on s'aime. Là, c'est sûr qu'on ne s'est jamais autant aimées toutes les deux. Rien ne peut plus nous séparer.

C'est vrai que quand on vient là, je ne sais pas pourquoi, on est foudroyé par le manque, par l'idée qu'il n'est plus là sur terre, avec nous. C'est visible…

Elle, elle n'avait pas encore mis les pieds au cimetière depuis janvier, mais là, en ce jour spécial où il ne se passe rien, sinon qu'on sent plus fort l'absence, elle était venue réviser son bac à tes pieds.

Encore une image qui fait de mon cœur un muscle puissant. Pas une image qui l'alourdit… Non. Je me sens devenir de plus en plus forte, de plus en plus grande. Je suis la maman de toutes les mamans. Je me sens un cœur à aimer toute la terre, comme dirait l'autre.

Et à adorer tes enfants.

Juillet

L'arrosoir (1/2)

Il est sept heures trente.

Le soleil s'est levé avec moi, et je suis déjà devant la petite grille verte, flambant neuve, qui s'ouvre avec un léger cliquetis métallique. Comment peut-on choisir une telle couleur ? C'est le premier seuil. Passer au-delà de cette couleur abjecte pour te retrouver. Je me demande qui a pu décider ça… Un employé de mairie sans esprit et sans goût, totalement détaché de son boulot, et qui avait envie de se débarrasser de sa mission : choisir pour la ville la couleur de la grille du cimetière.

*

* *

Après avoir traîné un peu avant d'ouvrir au public, cet après-midi-là, Alain croise les jambes dans le grand *openspace* de la mairie. Ceux qui voudraient s'avancer vers son bureau voient bien qu'il est occupé. Et n'avancent pas. Alain ne lève pas la tête. Il contemple sa feuille A4. Il ne lâche pas sa feuille du regard. Mais il est loin, là. Il pense à sa mère. Et aux bocaux de haricots qu'il n'a pas pu aller chercher cette année encore. Flemme. Elle s'était pourtant donné du mal pour faire ces bocaux. Elle avait enquiquiné le voisin pour qu'il lui passe le motoculteur, vite fait, histoire de bien aérer la terre et elle avait posé ses petites graines blanches une par une, avec tendresse, dans la terre meuble. Elle les avait vu germer puis grandir, ses petites graines, et elle leur avait installé un tuteur pour qu'elles puissent s'accrocher, grimper, s'élever vers le ciel. Et puis il avait fallu arroser sans relâche pour que les fleurs se transforment, pour voir les premières tiges de haricots qui se balancent. Légumes flottants en apesanteur. Et enfin la cueillette et la dînette.

Pour confectionner ces trois bocaux de haricots.

Elle l'avait appelé une fois, deux fois, pour qu'il passe les chercher, mais il n'était pas venu. Il était trop occupé. Comme d'habitude. Elle était un peu triste, évidemment, parce qu'avec ses haricots, c'était son cœur qu'elle mettait en bocaux, mais c'était pas vraiment grave qu'il ne vienne pas. Son travail à la mairie l'accaparait tant ! Elle était si fière de son garçon. Mais un beau jour – non c'était plutôt un de ces mauvais jours –, il avait reçu un appel de sa voisine. Elle était morte. Comme ça, sans prévenir.

D'un coup. Elle n'avait pas attendu l'hiver pour partir, comme le font parfois les gens. Elle était morte d'un autre froid. Quand Alain avait pu se rendre disponible, alors, et aller chez sa mère, il avait été saisi par les bocaux de haricots posés sur le linteau de la cheminée, comme autant d'urnes funéraires. Sauf qu'il n'aurait pas besoin d'aller les disperser quelque part. De dérisoires statues du Commandeur. Alain soupire. Trop tard. Il s'en veut. À côté de lui, la responsable des enregistrements des décès est à la limite du *burn-out* : trop de morts depuis une semaine. En plein mois de juillet. Et même pas la canicule. Il l'entend qui accueille les gens avec le même refrain : « (…) débordée »… « Je ne peux plus accepter de rendez-vous »… « Mais c'est pas ma faute si je n'ai plus de places avant trois mois pour refaire votre carte d'identité… » Elle lui jette un sale petit œil en dessous, histoire de bien lui montrer qu'elle sait qu'il n'en fait pas une rame. Mais Alain se sent lourd, très lourd. Sa journée a coulé comme du miel qui sort de son pot. Impossible de se concentrer sur son boulot. Avec le sourire de sa mère qui s'enfonce dans sa tête. Les névralgies qui reviennent. Il va devoir reprendre des cachets pour dormir.

Bon, qu'est-ce qu'il faisait ? Ah oui ! La couleur des grilles du cimetière. En plus, on lui propose pas un nuancier Pantone… Plutôt une *short list* : du noir, trop triste ; du blanc, trop gai, et un vert inqualifiable, entre la menthe et la pomme, le sapin et la tapette à mouches. La couleur des haricots qui le hantent. Délai de réponse : aujourd'hui. Il est déjà 17 heures. On va fermer. Va pour le vert. De toute façon, les morts s'en foutent pas mal !

*
* *

Je la franchis cette grille tristement verte, bien obligée d'en passer par là. Je franchis la toute petite porte. La porte étroite. Pas la grande grille à doubles battants réservée aux fossoyeurs et aux corbillards. Je passe par la grille des initiés, ceux qui ont droit à leur petit carré de terre et qui possèdent un mort à eux. Et j'avance vers toi, avec mon arrosoir à la main. L'arrosoir, parce que les bidons vides de javel en plastique gracieusement prêtés par la ville ne sont jamais à leur place. Quelqu'un d'autre s'en sert, pour un autre mort. Quelqu'un qui a aussi franchi la ligne verte. Ou alors les deux bidons se sont envolés. Du coup, j'ai fini par avoir toujours mon arrosoir sur moi, dans la voiture. Pas pratique pour les courses. Le coffre de la mini, quand t'y mets un arrosoir de seize litres, perd sacrément de son intérêt…

Un vieillard passe. Il est joyeux. Il a aussi un arrosoir à la main. C'est comme un code d'agent secret. Je sais, pas hyperdiscret, le code. Mais ça le fait. On se reconnaît. Alors il me parle, ne peut pas croire que je suis là pour l'homme que j'ai aimé, ne veut pas entendre que j'ai presque cinquante ans, me fait des compliments sur ma fraîcheur, mon sourire, se tortille pour que je devine son âge, me fait deviner. Je devine. Faut pas que je me plante... soixante-douze ? soixante-quinze ? Il me dit quatre-vingt-quatre, ivre de joie. Je lui souris. Je l'aime bien. Il me touche le bras, un petit peu. Il a un sourire qui lui barre le visage. Il me raconte Hélène... Sa vie sans elle. Un trou à la maison, ses deux filles, dont il a peu de nouvelles, sa petite-fille de seize ans déjà. Il est heureux. On avance ensemble. Il me redit que je ne fais pas mon âge, me claque quatre bises enthousiastes après avoir demandé la permission, et s'en va arroser son Hélène, juste à quelques pas, face à la grille d'entrée : un marbre et une petite jardinière bien fleurie et bien aimée, avec un petit oiseau sculpté dans la pierre, qui ne s'envole jamais.

Moi, je ne vais pas dans la même allée. Je me dirige vers toi. Allée des Oxalis. Ces petites fleurs détestables qui envahissent notre jardin. Qui diable a pu encore trouver ce nom ? L'oxalis est nuisible, envahissante, sans intérêt. Chez nous, elle prend le dessus sur les cyclamens et je n'arrive pas à en venir à bout. Il y a de si jolis noms de fleurs si belles. Oxalis ? Est-ce que cela sonne bien ? Un nom mallarméen, soit ! Je me console en pensant à Mallarmé. Je me récite le sonnet en -yx pour aller vers toi. Je commence...

Au bord de l'allée des Oxalis, première tombe, le mari d'une femme rencontrée lors d'une soirée filles. Folle de lui. Mariée à cinquante ans. Lui, emporté trois ans plus tard. Responsable du rayon fromagerie en hypermarché. Bruno est le premier marbre noir d'une série sans fin. Des tombes noires ou sombres, tristes à pleurer. Du marbre et encore du marbre. Quels vivants peuvent être aussi froids ? Les *designers* n'auraient-ils pas le goût du tombeau ? Qui dessinera autre chose que ces monuments à pleurer ? Des tombes et des fleurs fanées, posées dans leurs pots en plastique ou dans des vases funéraires. Posées sur ces lits froids et mourant en quelques jours sous les rayons assoiffants du soleil. Ces fleurs sacrifiées sur l'autel des morts. Pas une qui ne résiste au soleil. Les pots en plastique se renversent, ne faisant pas le poids sans eau. Personne ne vient les ramasser. Elles sont posées comme des reines, baignées de larmes, toutes ces fleurs, avec leurs couleurs vives et leurs parfums puissants. Mais en quelques jours, les tiges sont jaunes ; les fleurs ne ressemblent plus à des fleurs. Les roses fanées pourrissent dans des pots secs fixés sur les tombes. Continuer d'avancer. Ne pas regarder ces autres tombes et ces autres morts. Chacun son mort. Moi, j'ai le mien. Je ne le partage pas.

J'avance, toujours. J'arrive sous l'arceau. C'est le deuxième seuil. Je m'approche. Un joli arceau de charmes taillés. Un arceau pour les amoureux, pour les rendez-vous, pour se dire « je t'aime ». Est-ce qu'on peut parler aux morts ? Est-ce que tu peux m'entendre ? Tu ne me réponds pas. L'arceau est passé. Encore quelques mètres. J'arrive !

Tout est silence.

Un gros chat s'enfuit en me voyant arriver. Il est sale et miteux. Je vois mon jardin et mes fleurs qui poussent sur toi. Je vois les roses qui embaument et le Cœur de Marie qui se secoue au vent. Je vois les buis qui te dessinent. Je ne viens pas me recueillir. Je viens pour te cueillir. Je te recueille au creux de ma main. C'est comme ça que je te parle, maintenant, que je te garde en vie, pour moi, égoïstement, toute seule, triste à mourir dans ce désert d'âmes, dans ce désert de marbre où, sous les tombes, les morts attendent qu'on les rejoigne. Attends-moi, mon amour. Mes larmes coulent sur toi. Je ne pleure plus depuis longtemps, sauf quand je suis avec toi. Ne dois-je pas arroser toutes ces fleurs, toute cette vie qui repose sur toi ? J'entends parler les fleurs qui poussent sur ton corps et je leur réponds.

Alors, mon arrosoir à la main, je verse sur toi une douche fraîche, comme autrefois, quand nous étions encore deux et que nous étions vivants.

Infractions : la grille en fer forgé (2/4)

Le 21 août 2018

Madame,

Il vous a été concédé le 2 janvier 2018 un terrain de 2 mètres carrés (1 x 2 m) au cimetière Ouest de la ville, référence XXXXX, à l'effet d'y fonder la sépulture de votre défunt mari.

Vous avez mandaté les Pompes funèbres *** à l'effet de positionner une grille à la tête de cette concession pour servir de stèle.

La réglementation reconnaît le droit pour un concessionnaire d'aménager sa sépulture librement pourvu que ces installations soient notamment réalisées dans les limites de la parcelle de terrain concédée.

J'observe que les dimensions de la grille font 106 cm de large. Cette grille dépasse donc de l'espace qui vous a été concédé et empiète sur les parties communes du cimetière.

Il revient au maire d'assurer le bon ordre, la sûreté, la sécurité et la salubrité publique de ses administrés et d'être le garant de leur sécurité quand ils se rendent dans les cimetières de la ville.

J'observe que la structure même de la grille, avec ses parties pointues en métal, peut constituer un risque en cas de chute d'un usager.

Je ne peux en conséquence vous autoriser à faire poser le dispositif projeté.

Je vous prie d'agréer, madame, l'assurance de ma considération distinguée.

Yvan Delataille
Conseiller municipal délégué
aux affaires générales

*
* *

Le 28 août 2018

Monsieur,

Je vous remercie de votre réponse et du zèle que vous manifestez dans cette affaire et qui vous honore.

Suite à notre conversation téléphonique où vous m'avez bien fait savoir que vous ne reviendriez pas sur votre décision, je me permets de revenir vers vous sur trois points :

– Si la grille dépasse de quelques centimètres, ce que je reconnais volontiers, j'attire cependant votre attention sur le fait qu'elle est largement inférieure aux monuments de mes petits voisins puisque leur marbre « déborde » systématiquement d'une vingtaine de centimètres. La « semelle » qui semble nécessaire à l'installation des marbres ne respecte aucunement le mètre imparti. Je m'étonne donc d'un traitement qui n'est pas égal avec les autres morts ;

– Vous devriez savoir que les marbres sont particulièrement glissants et que si un usager venait à marcher sur l'un des marbres, il pourrait assez naturellement et dangereusement glisser sur la surface lisse (surtout s'il y a un peu de verglas) et se casser une jambe ou un bras, voire les deux. Il me semble également que les angles marmoréens pourraient entraîner des fractures crâniennes en cas de mauvaise chute. Je m'étonne que vous preniez de tels risques sur les tombes avoisinantes ;

– J'attire enfin votre attention sur un détail qui a retenu mon attention pendant notre conversation téléphonique, puisque vous commencez à percevoir, peut-être, mon obstination dans cette affaire. Vous m'avez dit que la grille était rouillée et détériorée. Cette grille hors d'âge, qui a vécu et qui porte l'empreinte de l'âge, me plaît comme elle est, et il existe des stabilisateurs de rouille qui agissent comme une peinture, même si l'effet est totalement invisible. La grille que je souhaite poser est donc, je vous rassure, absolument entretenue et pleine de charme, mais tout est une question de point de vue, n'est-ce pas ?

Dans l'attente d'une réponse de l'élu, et, le cas échéant, d'un rendez-vous avec le maire, je vous adresse mes salutations les plus froides.

Nathalie Prince

Août

Le coach sportif

« Je ne ressens plus aucune émotion,
mon ange, tu sais. C'est comme ça.
— Tu es trop forte, maman. Tu as des super
pouvoirs... C'est stylé. »
Ambroise, 13 ans

— Bonne nuit mon ange. Je suis crevée.

Il est 21 h 12. J'espère m'en tirer à bon compte en entrant-sortant dans la chambre d'Ambroise pour lui souhaiter une bonne nuit... mais il me rappelle l'effroyable engagement que j'ai pris au début des vacances !

— Maman, il faut qu'on fasse ton sport.

En équilibre sur sa table de musculation, le ventre aussi rectangulaire et compartimenté qu'un bac à glaçons, il soulève ses haltères de cinq kilos avec une facilité déconcertante. Ce petit bout d'homme a décidément bien grandi...

— Mon chéri, vraiment, je suis crevée ce soir. Demain ?

— Maman, tu m'as dit d'insister pour que je te fasse faire cinq minutes de sport tous les jours pendant toutes les vacances.

C'est vrai… Je l'ai dit ! Mais trop la flemme…

— Oui, tu as raison. Bon, j'arrive. Je me lave les dents et juste cinq minutes.

— Cool !

Je reviens dans la chambre, avec cet air de pas vouloir y aller, mais c'est son moment à lui. Donc pas question de pas le faire. Chier. Faire cinq minutes de sport tranquillou, c'est jouable, mais l'animal n'a pas compris qu'il s'occupait de sa mère !

— Bon, tu vas commencer par une minute trente de gainage. Ensuite, on verra. Allez, en position. Bon, je prends ton portable. Je compte. Je te dis toutes les trente secondes. T'as déjà commencé ? Non, arrête, j'ai pas lancé le chrono.

Je soulève les fesses. C'est un exercice exécrable, mais rien par rapport à ce qu'il va concocter. C'est l'échauffement pour lui. Une minute trente de gainage ! Déjà un calvaire pour moi. Et il me parle, et je ne peux même pas lui répondre tellement mon corps tremble comme une gélatine anglaise…

— Trente secondes… Une minute ! Bon, relève les fesses, là. Tu t'écroules. Bon, maman, j'ai réfléchi. Je crois que je peux faire quelque chose pour tes bras qui pendent, avec des poids, mais pour ton ventre, je crois que j'y arriverai pas !

Il pourrait au moins me dire ça après ma minute trente... Je me doute bien qu'il pourra rien faire, le petit chat. J'ai quand même eu quatre mômes. Chacun des quatre a tiré sur ma peau. Trente kilos à chaque grossesse. Ça fait quand même cent vingt kilos de delta...

— C'est bon, m'man. Une minute trente.

Je m'écroule, le nez dans le tapis, complètement épuisée, lessivée, rincée. Cinq minutes avec ce coach sportif, c'est comme une heure à la gym municipale. Et encore !

— Bon, maintenant, tu te lèves, regarde ! J'ai coincé le manche à balai que tu prends pour nettoyer les gouttières entre mon lit et la chaise. Tu dois lever tout ton corps en traction. Je te montre.

Quelques minutes plus tard, aussi lourdes que les cloches de Notre-Dame, Ambroise achève la séance.

— On finit par les pompes. Cinq seulement, ça va suffire.

— On les fera demain, non ?

— Seulement cinq. Et je te mets des cales sous les mains pour que ce soit moins dur.

— C'est vrai, c'est bien de surélever les mains. Mais c'est quand même dur.

— Bon, allez, plus que deux. Une, deux !

Je me relève, rougeaude et le dos cassé.

— Bon, là c'est bon, Ambroise, j'ai ma dose. Je sens que je peux pas faire plus, mais toi, tu peux continuer si tu veux. Un baiser, pas d'écran. Un livre ? Bonne nuit. Je t'aime.

— Bonne nuit, m'man. Je t'aime aussi.

Et je quitte la chambre, encore fumante, avec cette idée que je ne fais pas ça pour rien, que ces cinq minutes valent cent ans dans le cœur de mon garçon, que ça ne me fait pas tant de mal que ça et que ça le vaut bien.

Mais je suis quand même bien cassée…

Août

Le jour de l'Académie

C'est l'été.

Finalement, j'ai reçu 4553,33 euros du rectorat. Cet argent me brûle les doigts.

C'est clair que c'est pas un an de salaire, comme dirait l'autre, mais c'est une grosse somme. Que vais-je en faire ? Je vais nous fabriquer des souvenirs. On va partir en Grèce. À Athènes, exactement. Tous. Les quatre enfants et moi. On va partir là où on aurait dû aller avec toi.

Cela s'impose. Cela me porte.

On va tous se resserrer là-dessus. Une semaine. Une coupure, mais aussi aller te chercher, un peu, là-bas.

Je suis obsédée par l'Académie. Tu m'en as tellement parlé. De Platon, d'Alcibiade et de Socrate. Je veux aller voir l'Académie. C'est un caprice, un pèlerinage, vers toi.

On a vu les dieux.

On a vu l'Acropole.

On a vu le soleil se coucher sur la mer et les dômes bleus.

On a vu des ruines, et encore des ruines. Dans la lumière.

C'est beau. Les jours passent. On se balade, à pied. Personne ne se plaint. Les grands me promènent, avec leur portable, ne se perdent pas. On fait chaque jour sept, huit kilomètres, sans rechigner. La beauté nous porte.

Le jour est venu d'aller voir l'Académie. C'est l'avant-dernier jour de notre voyage. Cela fait des semaines que j'en parle aux enfants. Ils commencent à fatiguer. Ils ne sont pas hyper motivés, en fait. Pas grave. Ça va être un grand moment. On va marcher à côté de Socrate, de Platon, d'Aristote. Ça va être bien.

On quitte l'appartement. On ira à pied. Il y a plusieurs kilomètres pour y aller. L'appartement est excentré. Je traîne les enfants. Je leur explique. Je leur répète ce que tu m'as dit. C'est gravé en moi. Platon, ses grands textes, la fondation de l'Académie, la philosophie de Platon lui-même, et puis Aristote et la dialectique socratique.

— C'est quoi la dialectique ?

— Bah, c'est une façon de faire avancer une discussion par un raisonnement exemplaire, en réfutant ce qui a été dit, en le faisant avancer, en laissant l'autre exposer ses arguments, mais en les réduisant en bouillie, tout doucement, en unissant le contradictoire pour le dépasser et avancer vers la synthèse.

Armance sent le coup fourré. Elle est en sandales. Elle aurait dû mettre des baskets… Je l'avais prévenue qu'on allait marcher !

Je reprends.

Platon, qui suivait en cela Socrate, a toujours été très critique envers la « chose écrite » : le texte écrit n'est qu'un intermédiaire entre l'auteur et celui qui veut atteindre la vérité. Le texte porte en lui le risque d'empêcher le dialogue. Or, c'est le dialogue, justement, qui fait l'Académie. On va aller voir l'Académie et on va penser ensemble. On va dialoguer ensemble. On va sûrement pas parler d'Alcibiade… mais de nous cinq, comme les doigts de la main. Ce ne sera sûrement pas d'une grande complexité dialectique, mais ce sera juste bien. Toi, tu me parlais beaucoup d'Alcibiade, ce texte que tu disais tressé de trois fils de couleurs différentes : un fil politique, un fil amoureux et un fil métaphysique.

Alors je pense à toi.

Le fil politique, je l'ai bien compris. Alcibiade, bel homme, bien né, fortuné, aux qualités intellectuelles évidentes, est arrivé à un âge où la chose politique devient prégnante. Alcibiade, qui fait partie d'une grande famille politique athénienne, se destine naturellement à la chose politique. Sa motivation est-elle pour autant saine ? N'est-il pas dit qu'Alcibiade, tout naturellement méprisant, n'a de cesse que ses amants ne soient humiliés par sa propre arrogance ? Il n'aime pas aimer, mais il aime être aimé. Et donc ses amants sont partis, ont fui son arrogance, à peine retenus par sa beauté et son charisme. Ne peut-on pas imaginer qu'Alcibiade, vivant une sorte de crise, c'est-à-dire de tournant, conçoive la chose politique comme une nouvelle manière de séduire, d'attirer, d'impressionner ? La politique, c'est ce qui pourrait se substituer à une érotique du corps faiblissant, et c'est peut-être là le grand drame d'Alcibiade que de concevoir la chose politique par le biais d'un érotisme blessé. Car peut-on bien gouverner en laissant parler ses propres passions, ses propres ressentiments, ses propres volontés de puissance ? Le bon gouvernant n'est-il pas d'abord celui qui sait se gouverner lui-même, prendre soin de lui pour mieux prendre soin des autres, commander à son corps plutôt qu'être commandé par le corps et ses passions ? N'est-il pas d'abord celui qui se connaît lui-même ? Alcibiade prépare une réflexion sur l'art de bien gouverner, sur la démocratie, sur l'aristocratie, sur la justice. C'est le fil politique qui ouvre le prologue. Platon voudrait repenser la politique à partir de la philosophie. La rendre pratique… Comment faire pour que l'ambition engendre autre chose que des voyous ? Telle est la tâche que Platon assigne à son idéalisme.

Ne faut-il pas expliquer cela aux enfants ? Ici même où a été fondée l'Académie ? On a longtemps marché. Mais justement, c'est bien. Marcher en discutant, c'est l'école péripatéticienne. C'est Aristote. Sûr, on se rapproche. On aime se promener. C'est un bon préambule…

— C'est quoi péripaté…

— C'est ce qui s'effectue en marchant, au cours de la promenade. On peut philosopher et se promener. C'est top !

Armance fait remarquer que c'est aussi une femme qui fait le trottoir. Bref, on avance.

On arrive sur place. On cherche l'Académie. On ne doit pas être loin. C'est là, pile sur la carte. On ne trouve pas. De la verdure, des pierres, ici et là. Mais où sont les colonnes du Portique ? Les pierres sculptées sous lesquelles passait l'esprit ? On se renseigne. Les Grecs ne semblent pas pouvoir nous aider. On rigole, un peu, parce que l'on ne se comprend pas trop avec les Grecs… Avec les enfants, fatigués, nous cherchons, nous tournons un peu en rond. Mais où diable est ce satané Portique ? J'interroge les gens. Visiblement moins obstinés que moi, les enfants commencent à râler. On y va quand ? Y a rien à voir ! On part ?

Je voudrais bien trouver ces satanées pierres. Nous avons fait le voyage pour voir l'Académie. Nous verrons l'Académie.

Alors je parle du deuxième fil d'Alcibiade, le fil amoureux, parce que le dialogue de Platon, c'est aussi là qu'on y découvre l'amour platonique. Socrate éprouve pour Alcibiade un sentiment amoureux parce qu'il a deviné en lui des capacités, des qualités, qui dépassent la seule affirmation de sa beauté, de sa richesse et de son ambition. Socrate n'aime pas le corps d'Alcibiade, du moins ce n'est pas le corps d'Alcibiade qui est principalement aimé, parce que ce qu'il aime d'Alcibiade, c'est l'âme, il l'aime en tant que cette âme-là est absolument déliée et détachée du corps. Il aime le mieux d'Alcibiade. Pour Socrate, Alcibiade est comme Galatée. Ce qu'il aime en Alcibiade c'est « l'éventuel Alcibiade », l'Alcibiade philosophe que le dialogue socratique contribue à faire naître. Socrate sculpte l'homme aimable en même temps que son objet d'amour. À mesure que le dialogue progresse, l'amabilité, c'est-à-dire la dignité philosophique d'Alcibiade, augmente. Ce dialogue n'est pas seulement une déclaration amoureuse, mais le texte d'un amour qui est en train de s'établir dans un crescendo. L'amour final est plus important que l'amour initial.

Une réécriture du mythe de Pygmalion. On est en Grèce, non ? Ça crève les yeux !

— Maman, tu peux te taire, là. On s'en va ?

— Mais on doit trouver l'Académie. On est forcément juste à côté. Cherchons encore un peu. On va forcément trouver des repères, des indications.

Le troisième fil, c'est le fil métaphysique. Et c'est pourquoi on est venus te chercher aujourd'hui. C'est l'interrogation concentrée sur le soin de soi et sur la connaissance de soi. Que doit-on connaître de soi ? L'homme est-il l'âme qui commande au corps ? Que suis-je ? Pour savoir s'occuper des autres, il faut savoir d'abord s'occuper de soi-même car les autres sont comme des autres soi. Le dialogue vise alors à fonder l'éducation du bon gouvernant sur la célèbre maxime du temple de Delphes : « Connais-toi toi-même », et ramène le problème de l'éducation des dirigeants à celui de l'éducation de l'homme en général.

Il y a entre le fil amoureux et le fil métaphysique un nœud étroit dans la mesure où aimer ne consiste pas tant à aimer la beauté ou les prédicats extérieurs, mais aimer l'être même de l'autre. Et la richesse de l'âme de l'autre. L'amour est ainsi, comme la maïeutique ou comme l'art du dialogue, une manière d'accéder à l'être.

Nous y voilà donc. C'est aussi ce que tu m'as appris.

Dans ce désert, alors, puisqu'il n'y a plus de pierres debout, rien de rien, dans ce décor de verdure où a eu lieu l'Histoire de la pensée, on a tous resserré les fils, les liens. On est ensemble. J'ai fini par trouver une pauvre plaque qui indique que oui, on est bien sur le site archéologique de l'Académie de Platon. Quelques numéros renvoient à quelques pierres. Rien de plus. Il n'y a plus rien. Table rase d'un passé ô combien glorieux et complètement oublié. Même les Grecs ne semblent pas savoir sur quoi ils marchent. Les enfants se lancent le frisbee dans l'herbe de l'Académie. On tisse ensemble.

C'est ainsi que le fil érotique, le fil métaphysique et le fil politique se rejoignent pour faire d'Alcibiade un texte, c'est-à-dire, étymologiquement, un tissu, excessivement dense et serré et c'est ainsi que nos cinq fils à nous se rejoignent, dans la verdure et sous le soleil.

Sans toi, mais pour toi.

C'est ton esprit qui flotte au-dessus de nous.

Et nous, on apprend à se connaître sans toi.

Septembre

Infractions : rencontre avec les élus (3/4)

Le téléphone, encore. Je ne connais pas ce numéro. Je décroche :

— Madame Prince ?

— Oui, en effet.

— Ici la secrétaire du maire. Vous avez sollicité un rendez-vous avec M. le maire au sujet de travaux à réaliser au cimetière, et il me charge de vous proposer une date de rendez-vous. Lundi prochain, à 10 h 30. Est-ce que cela vous convient ?

— J'y serai. Remerciez le maire de ma part. Cela me convient tout à fait. Merci.

*

* *

— Entrez, bonjour. Je suis le chef de cabinet du maire. Enchanté. Le maire ne devrait pas tarder.

— Bonjour, Nathalie Prince, merci de me recevoir. Je suis honorée de voir autant de monde pour ma modeste demande.

— Le maire cherche à répondre à toutes les demandes, quelles qu'elles soient.

— Oui, en effet, mais je ne m'attendais pas à voir autant d'élus ou de fonctionnaires dans le bureau aujourd'hui sur un sujet aussi, euh, aussi peu en accord avec les grandes problématiques collectives, on va dire.

Écrase, Nathalie. Si tu commences à les prendre dans le sens inverse du poil, c'est foutu pour toi. Ne les provoque pas. Je sais que tu peux déraper… mais franchement, là, dans ce bureau, ils sont aussi nombreux que dans un supermarché la veille de Noël !

— Bonjour, je suis Yvan Delataille. C'est moi qui vous ai envoyé les premières lettres.

— C'est vous, n'est-ce pas, que j'ai eu au téléphone ? Bien. C'est toujours plus agréable de se parler pour de bon.

— Ravi de faire votre connaissance, me glisse-t-il avec une poignée de main mollassonne.

Entre nous, j'ai du mal à croire qu'il soit dans le ravissement. Je n'ai pas accepté sa décision. J'ai eu maille à partir avec un autre élu. J'ai fini par appeler la mairie jusqu'à l'obtention d'un rendez-vous. Je mobilise sous mes yeux quatre élus. Non, vraiment, j'ai du mal à croire que ces échanges à venir lui font plaisir.

— Bonjour, je suis monsieur Javert, élu à la sécurité de la ville.

— Bien. En effet, ça me paraît important que vous soyez présent. On n'est jamais trop prudent ! Comme vous n'avez pas répondu à ma demande de rendez-vous, j'ai écrit directement au maire. Désolée, je ne suis pas spécialement patiente… Ce n'est pas ma première qualité.

T'as pas pu t'en empêcher, hein ? Fais gaffe.

Le maire entre, pochettes sous le bras. Poignée de main. Sourire.

Les trois autres s'enfoncent dans leur fauteuil et attendent.

Bon, c'est quoi les options ? Le rendez-vous en tête à tête avec le maire pour jouer la carte du pathos, c'est carrément loupé. Va falloir assurer l'argumentation. Faut rien lâcher.

— Bonjour, commence le maire, vous avez attiré mon attention sur une requête très personnelle qui va à l'encontre de ce qui se fait d'habitude au cimetière. Pouvez-vous nous en dire un peu plus sur votre projet ?

— Oui, bien sûr, avec plaisir. Puisque tout le monde est là, je crois – en tout cas je me dis que ça fait déjà pas mal de monde qui sort de ses dossiers importants pour moi – je vais vous exposer ma demande. Il se trouve que je ne souhaite pas installer un marbre au cimetière Ouest, sur la tombe de mon mari. Je trouve cela assez triste, en fait, les marbres. C'est terne, c'est froid, c'est impersonnel. Je préférerais y aménager un jardin. Et je voudrais juste installer une petite grille ancienne afin de donner à ce jardin un peu de charme et pour y faire pousser une clématite blanche. J'y suis très attachée. Vous vous y connaissez en clématites ? Je voudrais planter une « Madame Lecoultre ». Elle est très belle... Voilà, ce serait davantage mon univers, et le sien. Le marbre, c'est pas mon truc...

— Oui, sans doute, mais votre grille est trop grande de quelques centimètres. De là vient notre réticence.

— Sur ce plan mathématique, je pourrais vous faire quelques remarques. J'ai droit, si j'ai bien compris à un mètre de large, c'est bien cela, pour la concession ? Or l'installation des marbres à l'entour a nécessité la pose d'une « semelle » – c'est le terme technique – qui excède largement le mètre accordé. J'en déduis que les morts n'ont pas tous le même traitement et que le mètre n'a pas toujours la même longueur. Ma grille n'a que six centimètres de trop...

— Ne pourriez-vous pas la couper ? reprend l'un des trois autres.

— Ce serait dommage. Vous avez vu. Elle est charmante ainsi, n'est-ce pas ?

— Ne pourriez-vous pas en choisir une autre ?

— Impossible pour une raison que je vais vous exposer. J'ai choisi cette grille avec mon mari. Nous ne pouvons plus choisir quoi que ce soit ensemble, vous en conviendrez. Certes, nous n'avions pas prévu d'en faire cet usage. Mais je tiens à ce que ce soit cette grille et non une autre, qui soit installée sur sa tombe, qui sera la mienne bien entendu. Vous voyez, j'anticipe !

Là, ça marche. Je coupe pas ma grille ; je garde cette grille. Ils n'ont pas le choix…

— Mais nous sommes les garants de la sécurité et si tout le monde n'en faisait qu'à sa tête, nous ne pourrions plus gérer les différentes situations qui se présentent.

— Me passer d'un marbre et installer une grille en fer forgé ne me paraît pas être l'acte le plus rebelle que j'aurai fait dans ma vie… De plus, j'ai pris contact avec une entreprise pour que la grille soit scellée dans les meilleures conditions, et que l'installation ne mette personne en danger.

— Certes, mais vous ne respectez pas la réglementation.

— Ce n'est pas non plus ce que j'aurai fait de plus illégitime dans ma vie… Pendant que j'y pense et avant de recevoir un troisième courrier de votre part – pardonnez-moi, j'ai bien l'impression de n'avoir jamais fait autant de choses irrégulières de toute ma vie –, je voudrais aussi vous dire que je souhaite ajouter le nom d'auteur de mon mari, qui écrivait des romans sous pseudonyme, sur ladite grille, ce que la réglementation de votre cimetière (que je connais bien désormais) interdit. Seules sont autorisées les mentions des nom, prénom et dates.

Petit sourire figé des élus. Les jambes se croisent et se décroisent.

Va-t-elle enfin se taire ?

— Bon, bon, reprend le maire, je vais aller sur place pour voir les choses moi-même. Je ne peux pas aujourd'hui vous faire une réponse. Il faut que je mesure la situation.

— Surtout prenez un mètre, pour bien mesurer… Je vous remercie vivement de votre accueil, à tous, de votre implication dans cette affaire qui me tient à cœur et des suites que vous voudrez bien lui donner.

Mi-septembre

« Something is rotten
in the State of Denmark[1] *»*
Shakespeare, *Hamlet*, I, 4

Je reçois le courrier ci-dessous un matin, par la poste, le 18 septembre 2018. Je sens que les enfants seront bien protégés par ce juge des tutelles et cette greffière avisée...

*

* *

Recto de la lettre :

Tribunal de Grande Instance d'ANGERS
Service des tutelles des mineurs

1. Notre traduction : « Il y a quelque chose de vraiment merdique ici-bas. »

Mme Nathalie GRELLET

N° RG : 58-18-A-00XXX
Cabinet : B
Dossier de : PRINCE Armance et Ambroise

Madame, Monsieur,

J'ai l'honneur de vous informer, qu'avant de statuer sur la requête déposée au greffe le 30 juin 2018, le juge des tutelles des mineurs doit s'assurer, conformément à l'article 388-1 du code civil ci-joint, que les mineures [1] ont bien été informées de leurs droits.

Vous voudrez bien porter cet article à sa connaissance et me renvoyer l'attestation ci-dessous complétée par vos soins.

Fait le 18 septembre 2018
La Greffière
XXX

Verso de la lettre :

ATTESTATION

(à retourner au greffe du Tribunal de Grande Instance d'Angers à l'adresse indiquée ci-dessus)

Je soussigné(e) Mme Nathalie GRELLET

Atteste avoir informé le mineur Ambroise PRINCE

1. Je transcris le document avec l'orthographe originale. Sic.

De son droit à être entendu par le juge des tutelles des mineurs suite à la requête déposée.

Bien vouloir cocher la rubrique utile

O le mineur demande son audition par le juge des tutelles des mineurs

O le mineur demande son audition avec (**nom, prénom, qualité de la personne désignée par le mineur**)

O le mineur demande que le juge des tutelles des mineurs lui désigne un avocat pour l'assister lors de cette audition ou choisit lui-même l'avocat suivant

O le mineur ne demande pas son audition.

Le
Signature du mineur

Le
Signature du représentant légal

ARTICLE 388-1 DU CODE CIVIL

« *Dans toute procédure le concernant, le mineur capable de discernement peut, sans préjudice des dispositions prévoyant son intervention ou son consentement, être entendu par le juge ou, lorsque son intérêt le commande, par la personne que le juge désigne à cet effet.*

Cette audition est de droit lorsque le mineur en fait la demande. Lorsque le mineur refuse d'être

entendu, le juge apprécie le bien-fondé de ce refus. Il peut être entendu seul, avec un avocat ou une personne de son choix. Si ce choix n'apparaît pas conforme à l'intérêt du mineur, le juge peut procéder à la désignation d'une autre personne.

L'audition du mineur ne lui confère pas la qualité de partie à la procédure.

Le juge s'assure que le mineur a été informé de son droit à être entendu et à être assisté par un avocat. »

*

* *

Pensée Minuscule pour Madame la Greffière Majuscule

Madame,

Sans parler de l'utilisation défaillante de la ponctuation de votre courrier (en l'occurrence, mauvais usage est fait de la virgule dans la première phrase), je m'interroge sur quelques évidences du courrier que vous m'adressez.

D'abord je constate qu'il me manque un enfant. Où diable est passée Adélie dans cette histoire ? Pourquoi faire un pack avec Armance et Ambroise ? Le mystère reste entier. Je pense que je ne saurai jamais et j'avoue ne pas avoir envie de savoir où est passée ma petite dernière dans vos tiroirs trop remplis…

Ensuite, je me demande à la connaissance de qui je dois porter l'attestation qui m'est adressée… Vous parlez de « mineure ». De qui peut-il bien s'agir ? Sans doute d'Ambroise puisque le document évoque son dossier, mais le mot est au féminin singulier et Ambroise est un garçon. J'aurais pu comprendre si vous m'aviez demandé de porter à « leur » connaissance l'attestation, mais vous écrivez à « sa » connaissance et de fait, l'affaire se complique. Cela voudrait-il dire que je dois choisir entre l'un ou l'autre enfant ? De fait, entre Armance et Ambroise ? Ou alors entre Armance et Adélie, qui sont « mineures » avec un « e » ? Le défaut syntaxique met quoi qu'il en soit un enfant en danger, puisqu'il s'agit bien de protéger *mes* enfants de *leur* mère… La syntaxe douteuse, si je la lis à la lettre – c'est bien ce qu'il faut faire quand on reçoit une lettre du tribunal, n'est-ce pas ? –, devrait avoir cette conséquence, performative. Un enfant seulement aura été informé de ses droits (pour peu que j'y consente), mais pas l'autre sur les deux noms mentionnés dans le dossier. Et évidemment pas le troisième, qui aura été oublié sur votre registre. Un enfant protégé sur trois, est-ce un *ratio* acceptable ? Soit on protège, soit on ne protège pas… Mais protéger un tiers de la fratrie me paraît de mauvais goût. Sauf si vous avez beaucoup d'humour, mais je peine à l'envisager.

Quant à votre attestation au verso que je dois faire signer aux enfants, elle s'adresse nominativement uniquement à Ambroise, qui est un garçon. Donc pas une « mineure ». Quant aux autres enfants – mes deux filles –, ils ne figurent plus dans les documents reçus pour signer quoi que ce soit. Ainsi, contre toute attente et l'utilisation du féminin singulier dans votre courrier, c'est bien Ambroise qui sera sauvé de sa mère si, évidemment, je lui fais part de ses droits. Sauf à faire des photocopies de votre précieux document (j'entends « précieux » pour eux), à rayer le prénom d'Ambroise pour indiquer ceux de ses sœurs. Cela dit, vu la lenteur de votre administration, Armance aura sans doute dix-huit ans quand vous vous intéresserez à son cas, et elle sera bien capable, alors, de prendre ses propres décisions !
Ainsi va le monde, à tort et à travers.

Et enfin qui est cette Nathalie Grellet à qui s'adresse cette lettre ? Je ne la connais pas. La violence du patronyme inscrit en haut à droite de votre lettre est terrible. Nathalie Grellet, je ne la fréquente plus depuis le 4 février 1995, date à laquelle j'ai changé de nom. Il est vrai que l'administration, parfois, me rajoute mon nom de jeune fille, mais toujours, mon nom de femme mariée est là, à côté. Cette lettre me saisit et m'afflige. Vous avez effacé mon nom. Mon nom de femme. Mon nom d'épouse. Mon nom de mère. Mon nom d'auteur, aussi, d'ailleurs. Je n'ai jamais signé le moindre papier sous un autre nom.

Un petit lissage du texte aurait également – j'ose le dire – évité d'inscrire « Monsieur Prince » sur l'enveloppe que vous m'avez adressée, et le travail aurait été plus acceptable, vu les circonstances. Madame la greffière, je vous imagine débordée. Mais qui ne l'est pas aujourd'hui ? Vous me privez de mon nom. Vous m'arrachez le nom de mes enfants. Et c'est à vous, greffière peu scrupuleuse et sans rigueur, de tenir le registre ? De garder le sceau de la justice ?

Quand je me dis en plus que j'ai déjà rempli, fait signer et renvoyé les mêmes papiers depuis des mois, à la demande du notaire, sans doute pour la fameuse requête dont j'ignore jusqu'à l'existence, je m'interroge. Une nouvelle fois.

Je relis donc la lettre comme il faudrait que je la lise aux enfants, pour bien qu'ils comprennent. Est-ce bien cela, madame la greffière, que je dois faire et l'esprit de la lettre que je dois faire signer aux enfants ? Très bien ! Je vais donc les appeler (mes plus jeunes) pour leur dire : « Venez, venez, les enfants, on a reçu une lettre du juge ! Des recommandations pour vous ! Quel bonheur !

Lisons-la ensemble ! Le juge a des choses à vous dire ! »

Lettre (cf. supra) revue et corrigée (par mes soins) pour restituer le sens véritable du document :

Madame,

J'ai l'honneur de vous informer, puisque vous constituez désormais une menace pour vos propres enfants, notamment les plus jeunes, que vous devez leur faire signer le document ci-joint qui leur assure le soutien indéfectible du juge des tutelles des mineurs jusqu'à leurs dix-huit ans, jour à partir duquel ils pourront enfin voler de leurs propres ailes sans craindre de vous.

Vous voudrez bien leur expliquer les dangers qu'ils courent entre vos mains et me renvoyer l'attestation ci-dessous complétée par vos soins.

*
* *

Je ne disserte pas davantage sur la démarche ni sur ce que vous attendez de moi. Je m'adresse à vous parce que votre courrier est bourré d'erreurs qui, dans le contexte, sont autant de blessures profondes, mais veuillez croire que je m'adresse surtout à vos supérieurs et aux supérieurs de vos supérieurs et à l'imbécillité supérieure qui nous gouverne. Dans les deux cas à envisager, votre lettre est un désastre que je vais exposer en deux points. Je m'abstiens donc de discuter, ce qui aurait fait une belle troisième partie (N.-B. J'écris cette dernière phrase à l'intention de mes étudiants, s'ils me lisent... Privilégiez les plans en trois parties.)

Premier cas : rien ni personne ne pourra défendre mieux mes enfants que moi. Je ne vis que pour eux ; mon cœur bat pour eux ; mon esprit pense pour eux. Votre lettre est une insulte à l'amour que je leur porte et à la confiance qu'ils me portent.

Deuxième cas : je constitue effectivement un danger pour mes enfants, pour quelque raison que ce soit... Dans ce cas, pensez-vous que je ferai le nécessaire pour vous faciliter la vie et les informer de leurs droits ainsi que vous me sommez de le faire ?

Tout cela n'a aucun sens.

*

* *

Je devrai donc aussi, mes chers enfants, mes amours, mes quatre raisons de vivre, mes quatre saisons, vous protéger aussi de cela. Vous protéger de ce monde sans gloire, sans honneur, justement – même si c'est le mot qui ouvre ladite lettre –, ce monde de pacotille et de poudre aux yeux.

Comme si le combat que j'avais à mener n'était pas assez important, comme si à chaque jour ne suffisait pas sa peine…

Sisyphe, Sisyphe, toujours recommencé !

Infractions : conclusion (4/4)

Le 9 octobre 2018

Madame,

Je fais suite à notre entretien en mairie du 24 septembre dernier, au cours duquel vous avez eu l'occasion de m'exposer votre projet d'installation d'une grille en fonte sur la sépulture de votre mari.

Loin de vouloir vous contrarier sans raison, notre souci était, vous l'avez bien compris, de nous assurer que cette initiative soit bien compatible avec les prescriptions du règlement du cimetière, au regard notamment des distances minimales à respecter avec les concessions adjacentes.

Je me suis personnellement rendu sur place pour évaluer avec les services municipaux la faisabilité de votre demande.

J'ai la sincère satisfaction aujourd'hui de vous indiquer que vous pourrez sans difficulté faire installer cette grille telle que vous l'envisagiez.

Par ailleurs, j'ai bien noté votre souhait de pouvoir faire figurer sur la plaque nominative dédiée à la mémoire de votre mari son surnom d'écrivain, en sus de son état civil.

Je vous confirme que je n'y vois aucune objection, dès lors que cette mention complémentaire ne vient en rien troubler l'ordre public.

Souhaitant pouvoir ainsi répondre à votre attente, je vous prie de croire, madame, à l'assurance de mon entière considération.

Le Maire

Automne

Jardin perdu

Il y avait une fois un jardin.

Un jardin minuscule, si petit qu'on en faisait le tour en une poignée de secondes. Un jardin de poupée, rempli de légères petites fleurs choisies une par une. Un jardin de fée, encadré par une charmante grille rouillée avec des plumes de paon qui bruissent et qui frissonnent. Un *hortus conclusus*, ouvert sur la campagne.

Il y avait un jardin qui faisait le tour de mon cœur.

Aucune feuille ne tombe sur ce jardin. Pourtant, l'automne est déjà là. Ce jardin est comme protégé des dieux, ou, à défaut, de leurs compagnes, plus attentives à ces choses-là.

Dans une conférence célèbre sur l'espace, Michel Foucault nomme *hétérotopies* certains lieux hors des lieux communs, des lieux juxtaposés aux espaces du quotidien, des espaces *autres*, où s'ouvre un monde qui obéit à d'autres règles, d'autres codes, d'autres comportements, comme à l'hôpital, où l'on ne ferme pas les portes à clé et où chacun entre et sort sans frapper. Ce peut être, encore, la cabane d'un enfant tout en haut d'un arbre. Aucun adulte n'en franchit le seuil, et elle abrite des trésors. Le cimetière aussi est de ces espaces autres. Franchir la porte du cimetière, c'est accepter de pénétrer dans le monde des ombres et des tombes, du marbre et des arbres, des noms pétrifiés et des fleurs séchées. Il n'y a pourtant pas de frontière, pas de péage, pas de douane. Et pas besoin de passeport. On est tout de suite *ailleurs*. Dans une utopie qui est aussi une uchronie : le temps n'y a pas de prise, les années défilent et toutes les tombes se ressemblent et s'assemblent.

Toutes, sauf une.
La petite tombe avec un jardin.

Le jardin permet de voir le temps passer, de comprendre ce qui se passe, de *faire son deuil*. L'automne, la pluie, le ciel en linge sale et une nouvelle saison, celle-là même qui va poser son manteau jaune sur les feuilles ou rendre transparents les pétales sous l'effet de la gelée. Il est important de ressentir ces changements, de connaître les arbres marcescents du cimetière et ceux qui vont rester verts. Il faut pouvoir apprécier la robe du taxodium qui va devenir rousse avant de perdre toutes ses épines. La nature s'accommode à l'esprit et, ici, je me sens partout chez moi. Je sais que, bientôt, seuls triompheront mes petits buis, qui ont eu chaud aux fesses, ceux-là ! Je les aime tellement mes petits buis qui délimitent si joyeusement ce bout de terrain du bout de ta vie. Je sais que le lierre va ramper, en silence, sur les tombes avoisinantes et que je devrai l'obliger à retourner d'où il vient. Et j'attends quelques bulbes secrets, les cyclamens, qui feront un lit rose sur ma tombe, à l'automne, et que les regards passants sauront voir en souriant. Je sais que la pensée bleue du premier jour reviendra dans un coin de ce double mètre carré car elle y aura grainé. C'est mon Jardin d'Épicure, ou une nouvelle manière de *faire Catleya*, si Proust en avait décidé autrement. C'est mon jardin perdu pour te retrouver…

Mon année se termine et les saisons s'enchaînent parce qu'il faut bien que le temps passe et il faut éprouver le temps qui passe… Certains lisent les cartes pour connaître leur avenir ; d'autres les lignes de la main. Certains cherchent les présages dans le marc de café et d'autres dans les entrailles d'un poulet. Certains attendent leur horoscope, le matin, à la radio, en buvant leur café ou dans leur voiture, dans les embouteillages. Moi, je sais que je trouverai mon chemin dans ce jardin, guidée par l'air qui me caresse et les tiges des fleurs qui se balancent au vent. Il faut bien croire en quelque chose, pour partager la douleur qu'on a dans le cœur. Mais en quoi croire ? Croire au bonheur passé ? À la musique d'un souvenir ? Fermer les yeux pour ne plus jamais les ouvrir ? Je veux croire en ces fleurs qui sont si belles sur toi.

Ce qui pourrait me rendre triste, là, c'est que l'hiver vient, et que le gel pourrait tout massacrer, en effaçant les messages que je t'envoie. Et tout ce que je plante, je pourrais le perdre en un claquement de vent froid, un vent qui décolore les fleurs et qui les fait jaunir comme une peau de banane trop mûre. Et moi aussi, je pourrais me perdre si l'hiver revient et me reprend tout.

Septembre

Sourde

Je me réveille. La tête un peu lourde. Encore une sale nuit. Une nuit sans rêve. Une nuit de merde. Je n'arrive plus à rêver. Le rêve est fondateur et vital. Fellini est mort de ne plus pouvoir rêver. Est-ce que ma dernière heure est venue ? Où sont mes rêves ?

Levée à 3 heures. Je descends. Je me mets à l'ordi. J'écris, un peu. Lunettes sur le nez, avec une Ricoré et des tartines. Mais il y a quelque chose qui cloche. Je ne sais pas encore quoi. Je ne m'aperçois pas tout de suite de ce qui ne va pas. C'est comme si j'étais dans de la feutrine. J'ai la tête pleine de ouate. Qu'est-ce qui m'arrive ? Je comprends au réveil des enfants. Je les entends très mal. En fait, voilà. Du jour au lendemain, je n'entends plus rien ou en tout cas pas grand-chose. Comme si les gens me parlaient du haut d'une montagne. C'est étrange comme sensation.

Quand on commence à moins bien voir, on a deux solutions. Soit on porte des lunettes pour recouvrer une partie de ses facultés. Soit on passe outre. On ne voit plus trop les lignes… Et alors ? Sauf si on joue encore au tennis, mais en général, quand on approche de la cinquantaine, on a arrêté depuis longtemps, et les lignes, on s'en tape. Personnellement, ça ne me dérange pas du tout de ne plus voir le monde tel qu'il est, et le flou qui m'habite me convient très bien. Je navigue à vue. Je suis une aventurière. Je vais quand même pas porter des lunettes… Oui, je sais, tu me disais que ça me donnait un air intelligent. En vrai, t'en ratais pas une ! Bon, mais là, ne plus entendre, c'est autre chose. Je suis entrée dans le monde sous-marin. Je n'ajuste plus ma voix. Je prends des bribes de ce qu'on me dit. Je reconstruis le sens. Je le détruis. Ne plus entendre, c'est une absolue séparation. Un fossé. Un masque invisible. Je creuse ma tombe.

J'ai consulté mon médecin, qui m'a mise sous antibiotiques et m'a renvoyée chez moi. Sans succès. J'ai vu un ORL en urgence, qui m'a retiré un bouchon et qui m'a dit que tout rentrerait dans l'ordre en quinze jours. Sauf que c'est pas rentré. Dans l'ordre ! Il m'a dit : « Pourquoi donc n'êtes-vous pas venue plus tôt ? » Alors qu'il est im-po-ssi-ble d'avoir un rendez-vous rapide de nos jours avec un ORL… Ce que je lui ai fait savoir. Si les douleurs persistent, revenez tout de suite, vous aurez de la place. Bien. Je souffre. J'appelle. Il est au grand congrès des ORL, à Nice. Du coup, pas là. Faut attendre. Encore. Une semaine. Mon médecin fait le forcing et me dégotte un rendez-vous avec un autre ORL. Ledit ORL a un commentaire sur Internet : « À fuir absolument. C'est un boucher-charcutier ! »... Ça refroidit. Un peu. En même temps, là, pas le choix. Il regarde. Ne comprend pas. Me dit qu'il ne veut pas toucher. Lui, le boucher, ne touchera pas. Gros stress. Il m'envoie faire un scanner. Le scan ne révèle rien : pas de kyste, pas de rien du tout. De l'air frais qui circule dans les tympans, une image aérienne que beaucoup pourraient m'envier, mais je n'entends rien.

Parce que le problème est là. Il n'y a rien. Physiquement. Et pourtant je suis devenue sourde. Comme ces enfants qui ne veulent pas accepter que leurs parents divorcent et qui, pour ne pas « entendre » l'irréparable, ferment les écoutilles. Eh bien voilà, ça fait bientôt un an que je pleure ma douleur et voilà que je me ferme au monde. Le corps parle. Sans bruit. C'est le cas de le dire. Sournoisement. Sans raison. Le tympan ne fait plus son boulot. Comme le pancréas, quand ces satanés petits îlots de Langherans stoppent le taf et condamnent leur patron à l'insuline.

C'est peut-être ça qui devait sortir du chapeau. J'avance dans mon désastre. Je ne ressens plus rien. Je suis dissociée. Mais je ne le dis pas. Ça servirait à quoi ? Faut que je trouve moi-même ma solution. Mais là, ce silence qui me prend la tête, le coup est rude. J'avoue que je pensais que j'étais plus forte que ça, mais quand le corps se met à parler, faut juste l'écouter. Le corps, il m'a dit d'aller rechercher mes émotions, de me faire plaisir, de m'ouvrir au monde, et je n'ai pas su comment m'y prendre. Alors, il a tiré la sonnette et m'a mise au ban de la société.

À la fac, je ne comprends pas les questions de mes étudiants. Je reformule. Je les vois sourire. Je leur ai dit que j'étais loin. Leurs bavardages me plongent dans une curieuse cage intérieure. Même ma voix me semble éloignée. Je parle sans m'entendre. Je sais ce que je dis, mais je n'ajuste pas. C'est tout à fait étrange.

J'ai fait une conférence pour l'association du temps libre. Devant une salle comble de plus de cent cinquante personnes, globalement des personnes assez âgées. J'ai géré, mais quand le temps des questions est venu, ça a été la débandade. Pardon ? Vous pouvez répéter ? J'ai du mal à comprendre votre question. Un instant s'il vous plaît. Pouvez-vous reprendre ? Pardonnez-moi mais j'aimerais que vous répétiez une nouvelle fois. C'est pénible, surtout devant une telle assemblée…

À la maison, je fais répéter du matin au soir, mais avec les ados, qui a le dernier mot ? Quand Anselme est devenu ado, il avait l'air tellement dans la lune qu'on l'avait emmené chez l'ORL et l'ORL nous avait ri au nez : « Aucun problème pour ce jeune homme. Il a juste… douze ans. » Sous-entendu : douze ans, et il s'en fout pas mal de ce que vous lui dites : « range ta chambre », « fais tes devoirs », « t'as eu des notes ? » Il s'absente ; il est loin...

Mais là, j'ai pas douze ans ! J'en ai presque cinquante. C'est beaucoup moins drôle. Du coup, je dois me reconcentrer sur ma petite voix intérieure, mon Jiminy Cricket qui me dit : « Ma belle, c'est l'heure du vide. Prends soin de toi. Tu n'entends plus. Écoute-toi. » Et j'ai commencé à couler, tout doux, comme a coulé le *Titanic*. Le monde du silence. Le grand bleu. Je repense à toi, à qui je disais souvent : « On s'entend bien, hein ? » Et ta réponse, invariable : « Qu'est-ce que tu dis ? » En vrai, je n'en peux plus de ne pas t'entendre.

Je fais une IRM. Quinze minutes enfermée. La métaphysique des tubes. C'est long quinze minutes dans un cercueil. Je me sens un peu comme Uma Thurman dans *Kill Bill*. Un peu... Mais je vais pas tout défoncer ! Je pense à toi, là. On m'a mis un casque sur les oreilles. Oui, en effet, le casque, c'est pas une coquetterie. La machine n'est pas à installer dans une bibliothèque... Mais qui donc a fait les bruitages de cette technique ultra-sophistiquée ? C'est des gamins ma parole ? Dingue le boucan.

Moi qui pensais que j'étais sourde...

Ils ont rien trouvé au scan.
Ils ont rien trouvé dans ma tête.
C'est moi qui vais trouver.

Puisque je suis devenue un corps littéraire, qui ne peut plus écouter que ce qui n'a pas de voix, je vais m'entendre avec les textes. Les textes me parlent. La vraie vie, c'est la littérature. Je vais devoir partir à Waterloo, comme Fabrice del Dongo dans le roman de Stendhal. Je vais sortir en fiacre et me prendre pour Madame Bovary. Je veux rejoindre Renée, dans sa serre, au milieu d'une chaleur humide, les épaules nues dans *La Curée.*

Je dois plonger, comme celui qui n'avait jamais ressenti la peur dans le conte des frères Grimm, qui se met bravement à la recherche de celle-ci ! La peur, bien sûr, mais aussi toutes ses copines. Je veux être (re)touchée par l'aube qui angélise le ciel. Je veux être (re)touchée par un parfum qui m'oblige à fermer les yeux. Je veux (res)sentir le souffle de l'air en haut de la montagne. Je voudrais souffrir comme le jeune Werther, comme Phèdre et comme Hamlet. Où sont passés ma joie, ma colère, ma tristesse, mes étonnements, ma peur, mon dégoût ? Quand on se vide de ses émotions, on marche sur la crête, et un faux pas peut être fatal. Vais-je basculer dans le vide ?

Mon corps me parle. Je n'entends plus. Il faut que je revienne au monde.

Il faut que je fasse taire le silence.

Ne plus entendre, c'est devenir soi-même absent.

Sourde comme un pot. De fleurs.

Je suis l'absente de tout bouquet.

Inch' Allah

5 octobre, 8 h 30

Cher monsieur, voici comme convenu quelques photos supplémentaires de la voiture qui vous intéresse sur leboncoin. Comme vous le voyez, le pare-chocs avant a été accidenté. C'est un point rédhibitoire pour le contrôle technique (je mets une photo du CT), mais j'ai prévu de faire les travaux pour que la contre-visite soit OK. J'attends votre appel si vous êtes toujours intéressé. Bien cordialement.

6 octobre, 9 h 29

Merci, demain, on peut se voir ?

6 octobre, 9 h 47

Cher monsieur, demain je serai disponible de 8 heures à 11 heures et après 17 heures. Cela pourrait-il vous convenir ? Vendredi, je suis dispo toute la journée. Cordialement.

6 octobre 16 h 03

Re-bonjour, je vous confirme mon arrivée demain vers 9 h 45. Pourrez-vous me transmettre votre adresse exacte ? Merci. Les cuirs du véhicule sont propres ? Je vois très mal sur photos.

6 octobre, 16 h 04

9 h 45, c'est parfait. Euh, oui, les cuirs sont propres. Pour plus de facilité, nous pouvons nous rencontrer sur le parking de Terra Botanica, si cela peut vous convenir.

8 octobre, 10 h 06

Rebonjour. Allez, je vous prends la voiture… Votre attitude me plaît.

Voulez-vous un acompte pour le pare-chocs et le contrôle technique ?

8 octobre, 10 h 07

Bah venez à la maison !
Je m'appelle Nathalie Prince et j'habite XXX

8 octobre, 11 h 34

Si je n'avais pas prévu un déjeuner avec un ami, je me serais permis de vous inviter à déjeuner…

8 octobre, 11 h 35

C'est très gentil. Bon, pourquoi pas la prochaine fois ? Bien à vous.

12 octobre, 21 h 04

Je fais mon possible pour que vous récupériez votre voiture avant votre prochain départ pour l'étranger, le 28 octobre prochain. C'est bien ce que vous m'avez dit ?

12 octobre, 21 h 14

Vous voudriez récupérer la voiture avant ? Dites-moi ! J'avais cru comprendre que nous avions un peu de temps…

12 octobre, 21 h 16

J'espère que vous n'êtes pas inquiet…

13 octobre, 22 h 44

Une photo pour toi…

13 octobre, 22 h 49

Oh ! C'est magnifique. J'adore. Je te/vous (j'ai du mal) croyais à Paris ?

14 octobre, 7 h 01

Ce sont les roses du jardin de l'ambassade de France en Jordanie. J'y ai fait quelques photos avant de rentrer. Je travaille aux Affaires étrangères.

14 octobre, 8 h 58

J'ai un RV le 19 octobre à 14 heures pour la contre-visite. Nous aurons le temps de nous voir ? Je ne sais plus quand tu dois repartir. Le mercredi, c'est compliqué pour moi avec les enfants. Dispo le 21 en fin de matinée ou le 22 toute la journée.

15 octobre, 13 h 41

Et qu'aimes-tu faire dans la vie ?

15 octobre, 13 h 41

Mes orchidées refleurissent, et je sais élever les bébés paons. Je sais poser du carrelage au sol et entretenir un jardin sans râler ! Et toi ? Tu aimes quoi ?

15 octobre, 14 h 03

Tout… Bon restau, bons vins, belles voitures, grands hôtels. Les grandes réceptions, aussi. Les belles filles. La grande vie !

15 octobre, 14 h 04

Je te trouve très belle.

15 octobre, 14 h 08

Ouh là là. Merci.

15 octobre, 14 h 08

On est loin, là ! Moi, je suis une sauvage. Je pourrais vivre sur une île déserte.

15 octobre, 14 h 09

Mais il n'est jamais trop tard…

15 octobre, 15 h 02

Alors j'attends la fin de cette histoire de voiture et le début peut-être d'autre chose…

15 octobre, 15 h 03

Au premier contact, j'ai ressenti quelque chose en te voyant.

15 octobre, 15 h 04

C'est pour ça que t'as acheté la voiture ?

15 octobre, 15 h 04

Oui.

15 octobre, 16 h 36

Je veux bien venir au Mans le 21, après avoir posé les enfants à l'école. Je te poserai la voiture, et je rentrerai en train. Je devrai récupérer tout le petit monde pour 16 h 30… Et ce sera très bien.

15 octobre, 17 h 55

Pourquoi tu dis et ce sera très bien ?

15 octobre, 18 h 12

Parce que cette rencontre me rend anxieuse, qu'on va se voir, qu'on va se toucher, que je devrai partir, que tu vas partir. Alors je positive. Le « tout va très bien Madame la Marquise ». Tout rentrera dans l'ordre… C'est sûrement pour ça que j'ai écrit ça.

20 octobre, 18 h 44

Envie de t'embrasser…

20 octobre, 18 h 45

J'attends que tu le fasses pour de vrai.

21 octobre, 8 h 20

Je pense à ton corps.

21 octobre, 8 h 23

Hâte de toi.

21 octobre, 9 h 30

Envie de toi.

La voiture : formalités administratives (1/4)

Nouveau problème. L'acheteur de ma voiture ne peut pas faire sa carte grise car la voiture était à ton nom. J'appelle la préfecture. Longue attente. J'attends tellement que je me décide à aller faire une course, et je conduis avec le téléphone en attente, au volant. Quel enfer ces administrations ! Ah enfin, quelqu'un...

— Bonjour, c'est à quel sujet ?

— Euh, l'acheteur de ma voiture ne peut pas immatriculer son véhicule parce que la carte grise était au nom de mon mari, et comme c'est moi qui l'ai vendue, ça coince.

— Et pourquoi ce n'est pas votre mari qui l'a vendue ?

— Ah, j'ai oublié de vous dire. Il est mort.

J'entends les sirènes de la police. Merdeee !!! Je dois m'arrêter. Mais pourquoi ils veulent que je m'arrête ? Je lâche pas le téléphone. Faut que je règle cette histoire… Et je m'arrête en grimpant sur le trottoir, à l'arrache.

— Vous n'auriez pas dû vendre la voiture à votre nom…

— Papiers du véhicule. On vous suit depuis un kilomètre… Pourquoi vous ne vous êtes pas arrêtée avant ?

— Ah là là ! Je ne vous avais pas vus. J'étais au téléphone !

Et ça me fait rire d'être aussi bête. Je sors de ma voiture avec un grand sourire. Je suis cuite. Ils me détestent instantanément. La honte, en plus, c'est le flic qui vient chaque année à l'école pour sensibiliser les gamins… Je balance le téléphone. La voix parle toute seule sur le siège passager, et raccroche.

La police municipale a vérifié mes papiers, si j'étais bien la propriétaire du véhicule, si mon assurance était en règle, si le contrôle technique était OK. Miracle, je l'avais fait le matin même… La date était dépassée depuis six mois… Après un bon quart d'heure de vérifications et de sermons, j'entends :

— Madame, nous vous laissons repartir. Vous recevrez un courrier pour l'amende et le retrait de points.

— Euh oui, désolée… Merci. Je ferai attention la prochaine fois.

Combien me reste-t-il de points avec tous ceux que je t'ai donnés ? Tu m'avais bien dénoncé cinq ou six fois depuis que t'avais plus de permis, depuis sept ans… Chier. Le téléphone, c'est trois points d'un coup… Et en plus, j'ai perdu la préfecture… Bon, j'irai cet après-midi avec tous les papiers du notaire et je réglerai ça en moins de deux.

*
* *

Préfecture d'Angers, après 1 heure de queue.
15 heures.

— Bonjour, que puis-je faire pour vous ?

Derrière le guichet, un homme aux cheveux pelliculés et la voix morne plaine…

— Bonjour, monsieur. Voilà, j'ai voulu déclarer en ligne la cession de mon véhicule ; j'ai fait le nécessaire, payé par carte, mais ma demande a été remboursée car le nom du titulaire de la carte grise ne correspond pas au mien. Je suis sa femme. En fait, non. Je suis veuve. Mon mari est mort il y a près d'un an ; j'ai vendu son véhicule et l'acheteur de la voiture ne peut pas faire sa carte grise…

L'employé de bureau semble éberlué par une telle annonce non pas par empathie – je vois bien qu'il en est dépourvu – mais par la bizarrerie indigne de mon comportement…

— Madame, on ne vend pas une voiture n'importe comment. Vous auriez dû effectuer un changement de nom de la carte grise.

Dans son petit monde de petit employé de bureau, la vie est trop grise et linéaire. Il transpire l'insignifiance et la privation. Il incarne l'échec, le désœuvrement, la médiocrité. Comment sa vie minuscule pourrait-elle comprendre mon malheur intime ? Lui-même est en train de mourir à petit feu derrière son guichet, par excès de rumination métaphysique. Faudrait peut-être que je lui dise…

— Oui, c'est ce que je comprends, mais je ne l'ai pas fait… Donc, je voudrais savoir ce que je peux faire maintenant pour que mon acheteur puisse effectuer ses démarches sans problème.

L'être de la négation réplique d'un ton sans concession :

— Vous ne me comprenez pas. Vous auriez dû changer le nom de la carte grise.

— Oui, mais j'ai raté cette étape. Du coup, je ne vous demande pas ce que j'aurais dû faire, mais ce que désormais je peux faire.

Une expression, enfin, se lit sur son visage, celle de la consternation la plus absolue :

— Pas de solution, puisque vous n'avez pas fait le changement…

Mais quand va-t-il débloquer ? Se mettre dans une logique positive pour m'aider. Essayer de trouver une solution. Me parler, tout simplement.

— Il y a forcément une solution. J'ai sur moi les papiers du notaire ; j'ai la déclaration de cession signée par mon fils majeur ; je signe pour mes enfants mineurs et on peut peut-être faire ensemble la déclaration de cession ici même, à la préfecture ?

— Madame, vous devez passer par le portail ANTS. Tout se fait maintenant par le site. La préfecture ne fait plus du tout les cartes grises. Vous devez vous connecter et cliquer sur « autre demande ».

Là, il a tout donné. Il vient de m'offrir une idée, sur un plateau… Pas vraiment Salomé avec la tête de saint Jean-Baptiste. Un frémissement d'humanité. Il vient de prendre de l'envergure. Pas un condor, non plus, c'est sûr. Mais il ouvre ses ailes…

— Oui, merci. Pour ne rien vous cacher, j'ai essayé d'entrer sur ce portail, mais je ne peux pas me connecter. Je n'ai pas de compte ameli, ni de compte en ligne via les impôts…

— Vous n'avez qu'à vous rendre à la sécurité sociale, rue Louis Gain ou vous allez au centre des impôts pour demander d'ouvrir un compte en ligne…

— Vous voulez dire que pour que l'acheteur de mon véhicule puisse changer la carte grise, je dois me rendre à la sécu ou au centre des impôts ?

— C'est ça.

— Et ça ne sert à rien de venir à la préfecture ?

— C'est ça…

Je m'éloigne de lui pour qu'il ne me rende pas comme lui, pour qu'il ne me contamine pas. Je ne veux pas devenir insensible, inconsistante, inutile, impuissante. Il est le neutre et l'impersonnel, livré au piétinement, à la répétition, au ressassement. Comment s'appelle-t-il ? Cela, je ne le saurai jamais. Pour moi, il ne sera jamais personne et pour lui, je n'existe déjà plus…

Spiritisme

L'école, encore. Je viens de poser Adélie. Il est 8 h 45. Je vais filer et écrire. Je me suis remise à écrire. Je suis dedans. Je reprends mes esprits et mon souffle.

Christine, une maman de l'école avec qui je n'ai jamais vraiment parlé, vient vers moi.

Christine, c'est une maison qui sent le propre, avec des géraniums aux fenêtres. Roses les géraniums. Et du semi-permanent au bout des doigts. Elle a deux petites filles blondes avec les cheveux qui embaument. Elle est maman d'une paire de boucles d'or aux vêtements pastel. Christine, elle a un mari et un chat. Ou peut-être le contraire. Elle est toujours bien habillée, soignée, et sa couleur est toujours impeccable. Jamais un fil d'argent dans ses cheveux. Un corbeau pourrait lui faire la cour. Décourager les cheveux blancs après cinquante ans, ce n'est pas donné à tout le monde. Christine, elle, elle sait faire ! Évidemment, ça m'impressionne parce que je n'ai pas un tel talent. Mais comment fait-elle ? Encore un mystère à percer. Christine, c'est un papier glacé qu'on n'ose pas toucher. Alors, je suis curieuse…

Il fait beau. Je suis toute remplie d'énergie positive. L'automne est doux. Il fait chaud. Vraiment, je suis bien là. Elle me lance :

— Ça va être une belle journée, non ?

— Début novembre. Quinze degrés. Top !

— Tu es pressée ? On peut prendre cinq minutes pour discuter ?

La journée est belle. Prenons le temps. Qu'est-ce qui me retient ? Les enfants sont tous à l'école, ou au collège, ou au lycée. Prendre un peu l'air. Parler. C'est réjouissant. En plus, elle, Christine, je la connais presque pas. Juste, je la vois, le matin. La carte postale. Une nouvelle rencontre ? Un partage. Ça va être bien.

— Oui, oui, volontiers ! Je m'invente toujours des trucs à faire. Mais il faut savoir se poser, non ?

— Tu vas me dire… moi, j'ai bien du mal à me poser. À décompresser. À lire.

— Ah oui ? Tu sais, moi, je lis de tout, tout le temps. Ma vie, c'est la littérature. Toi, tu lis quoi ?

— Plutôt des textes orientés spiritualité.

Là, déjà, je me sens en galère. Pourtant, « tu lis quoi ? », c'est plutôt cool comme question.

— Hou là ! C'est pas mon truc, ça ! Je ne suis pas du tout spirituelle…

— … J'ai découvert que j'avais des dons de médium, et tout ce qui relève du magnétisme, spiritisme, communication avec l'au-delà m'anime, maintenant. Ce qui m'intéresse, c'est surtout les témoignages de vie après la mort ou les messages qu'on peut recevoir de gens qui sont morts. Je travaille ça parce qu'à terme, je voudrais pouvoir faire profiter les autres de mon don, mais ça représente beaucoup de travail, d'apprentissage, de don de soi. Je vais souvent à Nantes, en fait, pour écouter des conférences, me former, et je lis beaucoup pour arriver à développer ça. Je vais voir de grands professeurs, des conférenciers qui remplissent des salles en communiquant avec des morts…

— Ah ! Mais alors là, tu es vraiment mal tombée parce que moi, je n'y crois pas du tout. Je suis un boulet dès qu'il s'agit de croire en ces choses. Je suis totalement rétive à ces trucs-là. Ça m'amuse, en fait, ce qui n'est déjà pas si mal, mais je vois bien que toi, tu es très sérieuse. Et je ne voudrais pas te faire de la peine.

— Non, mais tu ne comprends pas… C'est depuis que j'ai reçu des messages de ma mère et de mon père. Quand je vais à mes conférences, les gens qui sont autour de moi peuvent recevoir des messages. Lors d'une rencontre, la médium m'a vraiment raconté l'histoire de mon papa et elle m'a dit qu'elle était en direct en train de lui parler… Maintenant, presque à chaque fois, j'ai un message de mon père ou de ma mère...

Poisse de poisse ! Et en plus, elle a les larmes aux yeux... Elle pleure, ça y est. Mais elle va me faire pleurer ! J'entends déjà la chute.

Et elle continue, sans relâche, presque euphorique. Dans un état nuptial. La médium avait évoqué un clocher. Son papa était couvreur et avait réparé le toit de l'église du village. Puis le médium avait parlé de douleurs fortes au ventre. Ce dont était mort son papa. Et de la solitude de sa mère. Elle avait voulu lever la main dans la grande salle de conférences, en signe de reconnaissance avec la médium, histoire de lui dire : « Oui, c'est mon histoire ! C'est mon papa ! C'est mon mort ! » mais la femme qui était assise juste devant avait levé la main avant elle car elle avait aussi reconnu un ami disparu. Que diable s'en était-elle mêlé celle-là ! Elle lui avait pris son mort, son histoire. Tout piqué ! La déception, ce jour, n'avait aucune limite.

— Mais si je te dis ça, c'est parce que je pourrais t'emmener avec moi un jour... J'y pense depuis la disparition de ton mari. Tu aurais certainement un message de sa part si tu voulais m'accompagner et ensuite, tout serait sûrement plus facile pour toi.

Mais est-ce facile pour toi, Christine ? Je te vois, les yeux rouges, accrochée à tes parents, avec l'envie débordante de me faire du bien, de me donner envie d'y croire, de me remplir. Mais, en fait, je suis déjà remplie de lui, et je n'attends pas de message. Il habite en moi. Il habite en ses enfants. On n'a pas besoin de message. Enfin, je crois pas…

— C'est gentil à toi de me faire partager cette expérience. Je t'avoue que je n'ai jamais pensé à une chose pareille. Je suis tellement loin de ça. Tellement, euh, rationnelle. Tu vois, au sens où le monde continue de tourner, je le constate chaque jour, mais sans lui. Et moi je dois tourner avec le monde. Mais si je bascule, je te ferai signe.

— Alors c'est bien. Je suis soulagée, enfin, d'avoir pu m'ouvrir à toi. Cela me pesait tellement de ne pas t'avoir dit que cela était possible de parler avec les morts, que tu aurais un message et qu'il te suffisait de venir avec moi pour l'entendre…

Dans cette immense déconfiture métaphysique, j'ai compris que je tenais là une véritable amie, mais que je ne devais pas m'en approcher de trop près.

Un peu comme avec les porcs-épics de Schopenhauer, qui se rapprochent pour se tenir chaud. Un peu, mais pas trop… sinon, ils se blessent sur leurs piquants.

La voiture : formalités administratives (2/4)

Centre des impôts d'Angers, après quarante-cinq minutes de queue. 15 h 55. 1er guichet, debout.

— Oui ?

Le « oui » a passé la cinquantaine et a mal digéré le truc. Et tout ce qui va avec, son ventre, ses cheveux filasse autour des oreilles et les poches sous les yeux. Il avait été plutôt beau gosse et se tapait de la louloute en perdition après le travail plus souvent qu'à son tour. Mais le problème, c'est que son boulot, il ne l'assume plus du tout. Pourtant – même s'il n'arrive absolument pas à se rappeler quand il a pu vouloir ça… –, il y a eu un moment où il avait voulu être *contrôleur des impôts* ! Mais on ne sort pas indemne d'un tel étiquetage… Sa première femme l'avait plaqué en deux temps trois mouvements pour aller à la colle avec un chef d'entreprise dont il avait lui-même géré le redressement. Sa gosse, dès l'âge de l'adolescence, lui avait craché au visage et ne donnait plus signe de vie, sauf pour son anniversaire (à elle) et à Noël. Sa deuxième épouse, à qui il avait aussi fait une gamine, était partie avec une nana. Oui… une nana ! Il versait par conséquent deux pensions à ses deux ex, et avait un peu de mal à épater la galerie quand il ramenait une fille, juste pour la baiser, dans sa garçonnière. Tout ce qu'il voulait, lui, c'était que la fille se casse rapidos après qu'il a joui. Il était pas là pour enfiler des perles.

Là, le « oui » est précisément en train de pester dans sa tête contre la petite salope qui lui a piqué sa montre, hier, après le boulot. Rien qu'à la voir, il aurait dû s'en douter. Le genre de fille à passer ses journées à attendre que ses ongles poussent. On porte pas du rose fuchsia aussi court. Mais il a toujours eu un faible pour les filles hyperféminines, maquillage Ripolin et casque peroxydé. Elle, elle voulait juste qu'on lui compte pas ses pénalités de retard et elle était vraiment prête à s'engager sur ce point. Il avait l'habitude, depuis qu'il vivait seul, de faire monter ce genre de filles. Il s'était pas méfié. La connasse. Sa montre, c'était sa première femme qui la lui avait offerte. Et elle était pas en toc. Une vraie montre qu'on exhibe. Gros cadran et bracelet doré. Elle était passée de mode aussi vite que sa femme l'avait largué. La montre, fallait l'oublier. Bon, alors, il en était où ? Oui ?

— Bonjour, je voudrais faire ouvrir un compte Internet pour effectuer mes impôts en ligne, et aussi pour pouvoir passer par le portail ANTS.

— Vous devez le faire à partir de votre déclaration d'impôts, et chez vous, avec votre référence fiscale.

— Vous ne pouvez pas m'aider ? J'ai apporté tous les documents nécessaires afin que vous puissiez m'aider à établir la connexion.

— Nous ne sommes pas habilités à le faire. Vous vous rendez compte si on devait aussi aider les gens à faire ces démarches ? Ou alors vous nous adressez une demande par courriel et nous vous indiquerons comment procéder pour faire votre déclaration en ligne. Il n'y a pas de point numérique cet après-midi et de toute façon on va bientôt fermer... Nous ne pouvons rien faire pour vous, madame, lâche-t-il avec les mains dans les poches.

Il est un peu fatigué. Bientôt 16 heures. La journée tire à sa fin. Tiens ! Il sent un truc. Mais oui ! Sa montre ! Il l'avait enlevée hier avant de déboucher sa douche, avec tous les cheveux des nanas qui passaient et qui n'avaient que ça à perdre... La vie est belle, non ?

*

* *

Sécurité sociale, à Angers, le lendemain matin.
La queue a commencé dans la rue.
Il est neuf heures…

N.-B. J'avais oublié de récupérer un petit papier avec un numéro dessus, comme chez le boucher du supermarché, avant de commencer la queue. Il a fallu que je recommence. Bref. Il est 10 heures 45.

— Bonjour, madame, je voudrais des codes ameli pour pouvoir me connecter sur votre site. J'ai essayé de me connecter, mais quand j'entre mon numéro de sécu, la matrice ou je ne sais quoi me dit que ce numéro n'existe pas.

Au moins, celle-là, elle est souriante. Petite robe colorée et maquillage de fin d'été. La charmante dame me propose de m'aider, comme quoi les fées existent !

— Eh bien, on va essayer dès qu'un ordinateur sera disponible. On va faire la queue ici, ensemble.

Après un bon quart d'heure d'attente…

— Votre nom ?

— Prince. Voici ma carte vitale et mon numéro de sécu.

— Attendez un peu, SVP. Oui, je tape les derniers chiffres. En effet, il y a un problème. Je ne comprends pas… Attendez, je fais une nouvelle tentative… Non non toujours pas. Oui, il y a bien un problème. Il faut que vous adressiez une lettre à un autre service. Nous n'avons pas la main dessus. Vous avez bien un numéro de sécu, mais il y a un dysfonctionnement dans le repérage numérique de votre identité.

Elle pince ses lèvres déshydratées et on voit le rose fuchsia qui file et qui court dans les petites ridules tout autour de ses lèvres.

— J'ai vraiment besoin de pouvoir me connecter très vite, parce que cette connexion me permettra d'obtenir un document qui m'est précieux et urgent...

Peine perdue. Dans moins d'une heure, elle aura vu dix autres personnes, aura oublié mon cas, mon visage, mon nom. Ce sera l'heure du déjeuner. Hâte de raconter son week-end à Annie, sa rencontre avec Stéphane, qui travaille à la Poste et qui lui a donné un rendez-vous vendredi soir. Au Flunch. Ça la rend folle, cette histoire. Y a un truc entre eux, sûr ! S'il se défile pas, le bougre...

— Madame, ne brûlons pas les étapes. On vient d'identifier le problème, mais il va falloir faire une demande via Internet à l'adresse que je vais vous donner et ensuite attendre la réponse. En général, nous traitons les dossiers avec une quinzaine de jours de délai.

Et elle me sourit carrément. Heureuse d'être si leste en son administration. Fière de cette annonce juteuse : quinze jours, c'est Byzance, non ?

— On ne peut rien faire pour que ça aille plus vite ?

Elle se renfrogne. Encore une qui veut aller plus vite que la musique…

— Il fallait venir plus tôt.

— Oui, c'est certain. Euh… Pas possible d'aller directement au service des identités numériques pour accélérer la demande ?

— Pas possible. Ils ne reçoivent pas le public…

— Ah… Mais alors, je ne sais pas ce que je vais faire, vu que le document dont j'ai besoin doit être finalisé très rapidement. La situation reste compliquée et je suis loin d'avoir réglé mon problème.

— Vous n'êtes pas la seule dans ce cas !

— À quoi ?

— À devoir attendre…

La voiture : formalités non administratives (3/4)

Puisque, lecteur, je partage avec toi bien plus que des mots, je me dis que tu voudras peut-être savoir où m'a conduite ce petit écart que j'ai fait sur ma route. Je vais te le dire, sans rougir.

J'ai reçu ce texto laconique de l'acheteur de ma voiture, un petit matin. Un matin pas plus pourri que les autres, un petit matin tout gris et tout froid, un petit matin qui te bouscule.

Mais ça fait du bien d'être secouée.

Quand tu es en panne, tu peux plus avancer. Je comprends, là, que j'ai avancé.

*

* *

25 octobre, 5 heures

Désolé de te faire ce message.
C'est fini. Nous sommes
trop éloignés.

*

* *

Bon. Il est clair que ce message ne m'a pas emballée et que je suis un peu touchée par le contenu et le contenant. Il est clair aussi que notre « acheteur » n'est ni un poète ni un prince charmant. Ce sont les risques de l'auto-stop et je suis une grande fille.

Qu'est-ce que j'ai fait exactement ? Je voulais répondre à ma question : puis-je encore avoir des émotions ? Puis-je encore frémir ? Puis-je avoir le cœur qui s'emballe ? Trembler d'impatience comme un enfant qui attend que l'adulte qui a mis des piles dans son jeu le lui redonne ? C'est vrai que je n'ai plus de piles, mais personne ne peut me remonter. Je suis rechargeable. Il faut juste que j'accepte de me recharger.

Je savais, au fond de moi, que c'était du *fake*. Du grand n'importe quoi en boîte. Avec un beau E rouge sur l'échelle du nutri-score… J'ai certainement pas choisi le produit de l'année, mais quand on achète des madeleines au chocolat à l'huile de palme dans des sachets individuels en plastique, on sait bien que le plaisir ne durera pas longtemps et que les mauvaises graisses et les mauvais sucres vont nous bouffer la vie.

Ce dernier texto m'avait vraiment mise en colère. On ne peut pas impunément jouer sans prévenir que l'on joue. Je voulais écorcher son auteur, le dépiauter, le faire tomber. Tiens, ça me réveillait, d'ailleurs. Et c'était pas désagréable. Je voulais lui décoller la peau du cœur, tout doucement. Mais je savais que j'en sortirais pas indemne. Ah oui, c'était ça, la vraie vie ! Celle des adultes qui ne s'aiment pas. Celle des autres, peut-être. On se prend la main, on se caresse et on passe à autre chose.

Toi, tu m'avais pris la main trente ans. Alors forcément, ça s'oublie pas. On s'habitue. Moi, j'avais jamais regardé ailleurs que vers toi. Donc qu'est-ce qui m'avait pris, là ? C'était quoi, déjà, l'idée de départ ? Retrouver des émotions… Ressentir encore ! Arrêter d'accepter d'être une pierre. J'avais décidé de plonger pour retrouver ma peau de femme.

Je n'étais plus une épouse.

Je n'étais plus qu'une mère.

Pouvais-je redevenir une femme ?

La voiture : formalités administratives (4/4)

Fin de l'histoire

Je n'ai pas le temps d'attendre, pour vendre.

1. L'acheteur de la voiture doit partir très vite pour l'étranger ; je dois très vite vendre ce véhicule.
2. J'ai besoin d'argent, maintenant.
3. Je veux me débarrasser du véhicule et du conducteur !

Je raconte mes déboires au garage – enfin pas tout –, juste le nœud administratif. La responsable du garage – c'est une fille – entend l'histoire et s'approche de moi. Elle sait pour Christophe ; je lui avais demandé d'estimer et de me vendre la voiture. Elle m'avait proposé la moitié de la somme pour la voiture. C'est de bonne guerre. Il faut juste avoir un peu d'esprit critique pour se rendre compte que vous êtes vous-même votre seule planche de salut.

La garagiste me dit d'attendre la fin de la succession, que tout sera en règle, alors. Je lui dis que je ne peux pas attendre.

Elle se rapproche encore. Elle est sympa. Elle parle tout bas. Elle me dit qu'il y a une possibilité, pas légale, de vendre la voiture, et qu'elle peut m'aider. On va se débrouiller. Elle va faire un faux. On va s'arranger.

Et je l'ai vendue, ma voiture !

J'ai tourné deux pages d'un coup.

Là, je suis vraiment en colère. Après le monde entier. Après l'homme qui a photographié les roses du jardin de l'Ambassade de France en Jordanie. Après la prof de philo d'Armance et son écharpe en poils de chat. Après la dame de la CAF qui remplit ses journées de vide et après la psy qui joue aux Legos. Après la voix téléphonique du rectorat, qui parle à tort et à travers. Après le notaire et sa belle voiture, son agent immobilier, ses boutons de manchette et toute la clique. Après les impôts et la Greffière avec une majuscule. Après le juge qui ne connaît même pas mon nom et la charcutière qui a perdu mon poulet. Après toi aussi, bien sûr. Parce que je ne sais plus rien faire sans toi. Et que c'est pas une vie.

Soupe au lait

L'autre jour, j'étais avec ma copine Véronique, la cinquantaine bien entamée, ravagée par son récent divorce après une vie de déceptions, de mensonges et de tromperies. Pas seulement la tristesse de la solitude, mais le sentiment de s'être fait avoir, de s'être sacrifiée pour du beurre, d'avoir gâché sa jeunesse à s'occuper des enfants, mais aussi d'avoir bousillé deux parties essentielles de son être : son corps et son esprit, ce qui ne lui laisse pas grand-chose comme capital de nouveau départ. Une parfaite victime du *slump*, c'est-à-dire une manière d'affaissement, de dépression, d'écroulement de tout son être… Comme j'ai pas mal bricolé dans ma première vie, je connais (un peu) l'essai d'affaissement au cône d'Abrams. On remplit le cône de béton frais et on démoule pour mesurer sa consistance. Pour ce qui concerne Véronique, l'affaissement avait été brutal. Pas irréversible. Avec un peu de volonté, elle aurait pu redensifier son béton, mais la charge mentale avait été trop forte pour elle. Avec trois garçons sur les bras et un mari peu aidant, il avait bien fallu qu'elle se laisse aller sur le chocolat pour ne pas oublier le bébé dans la voiture. Sa vie avait alors été une lente dégringolade…

D'abord les kilos, qu'elle avait oublié de perdre après la naissance de chaque enfant, et les racines bien blanches qu'elle avait assumées crânement en s'asseyant sur les complexes. Elle avait trop vite lâché l'affaire physiquement, ce qui la désolait et la culpabilisait. Ensuite, parce qu'elle était tombée amoureuse très jeune, elle avait rapidement fait un trait sur des études de droit qui, il faut bien le dire, ne l'enthousiasmaient pas. Son futur ex-mari, à l'époque, s'était plutôt bien débrouillé dans un boulot de commercial où sa médiocrité avait joué en sa faveur. Un ballon d'hélium : pas de profondeur et pas d'esprit, mais il présentait bien et son sourire charmant compensait largement sa superficialité. Bref, chacun avait choisi sa ligne de vie : Véronique à la maison, avec un petit budget pour gérer son petit monde qu'il versait sur *son compte à elle*, et lui à l'extérieur, belles voitures et chaussures cirées, toujours en représentation avec un gros budget sur *son compte à lui*. Véronique n'avait jamais pris une seule décision. Confiante et docile, elle avait toujours fait ce qu'on lui avait dit de faire et elle l'avait toujours fait plutôt correctement, en prenant son plaisir dans les séances de lecture avec les copines, la marche nordique, le scrapbooking et la préparation de petits plats. Délicat de venir la voir à l'improviste parce qu'elle avait un emploi du temps de ministre et, après 18 heures, tu la trouvais en pyjama dans sa cuisine. Véronique, ce n'était pas vraiment mon modèle, mais elle avait un réel talent pour fabriquer les *cupcakes* et rien que ça, ça valait la peine d'être vécu. Quand nos enfants se fréquentaient à l'école primaire (c'est comme ça que je l'ai connue), elle me répétait souvent que pour garder son homme à la maison, il suffisait de bien savoir cuisiner… Preuve que ça suffit pas.

J'entre chez elle. Sa maison sent les pots-pourris pleins de roses et de jasmin. Son nouvel appartement est sans doute petit, mais c'est comme rentrer chez « Nature et Découvertes » qui a décidé de s'associer avec « La Mie Câline ». Des galets et des petites fontaines, des odeurs de linge propre et de pâtisseries. Bref, on y est tout de suite bien. Elle est sympa, Véronique, mais c'est la grande sœur de Mimi Geignarde. À peine assise, j'entends déjà parler de sa vie d'avant, des manquements de son ex et de ses sacrifices à elle. Sa voix tremble et les larmes ne sont pas loin. Un peu acides. Que si elle avait su, elle aurait pu réagir à temps et lui en aurait fait baver. Que si elle n'avait pas été dans le déni, elle aurait pu encaisser le coup. Que si elle n'avait pas eu les enfants, elle serait partie la première. Que si elle avait eu un flingue, on n'aurait plus entendu parler d'elle. Que si elle avait fait appel à un autre avocat, elle aurait peut-être pu garder la maison. Que si elle n'était pas partie chez sa mère, à Noël, il n'en aurait pas profité pour faire le grand vide et poser tout ce qui lui appartenait dans un garde-meuble. Que si elle n'avait pas pris trente kilos, il serait peut-être resté. Que si elle avait eu une fille et pas trois garçons, ça aurait été plus facile. Que si elle ne lui avait pas posé autant de questions quand il la trompait, il aurait peut-être choisi de rester. Que s'il s'était mis à la marche nordique, ils auraient eu un point commun. Que si elle n'avait pas entamé sa ménopause à quarante ans, il serait pas allé voir ailleurs. Que si elle avait aimé la bière, elle aurait peut-être pu le comprendre, mais c'était vraiment trop dégueulasse. Que si…

*

* *

Une sidération.

La sidération désigne, dans le dictionnaire, l'anéantissement soudain des fonctions vitales, avec état de mort apparente, sous l'effet d'un violent choc émotionnel. Il y a eu comme un vide, un blanc, une absence, une vacance, une abolition. Comme un mini *burn-out* de pacotille qui fait que tu perds la mémoire immédiate. Tu sais même plus ce que t'as fait deux minutes avant. Non, il n'était pas écrit que je pourrais encore supporter les plaintes et les regrets de Véronique. J'avais ma dose. Depuis que je la connais – et ça fait un bail maintenant –, Véronique, elle est sur le mode de la déploration. Jamais heureuse. En couple ou divorcée. Jeune ou ménopausée. En hiver comme en été. Avec les enfants à la maison ou sans. On dit souvent que l'herbe est plus verte dans le champ des voisins. On aurait dit que Véronique, elle fichait du désherbant sur sa pelouse à elle. Pas moyen de prendre la vie du bon côté. Et maintenant que j'y pense, malgré ses *cupcakes*, je suis toujours sortie de chez elle un peu secouée, lessivée, abîmée. Ça t'égratigne un peu ; tu ne t'en rends pas compte, mais en fait, si tu t'égratignes toujours au même endroit, ça fait une croûte qui ne s'en va jamais. Et là, j'avais conscience que je ne pourrais plus accepter la moindre égratignure supplémentaire et que je voulais me débarrasser de la croûte. J'avais conscience d'une évidence. Que certaines personnes peuvent avoir sur toi un rôle définitivement usant. Tu te laisses entraîner dans une relation depuis mille ans et les habitudes sont là. Véronique, je la vois une fois tous les six mois. C'est pas toxique et pourtant, c'est pesant. Mais là, je ne sais pas pourquoi ce jour était spécial ; je ne sais pas pourquoi j'ai trouvé les ressources ; je ne sais pas pourquoi j'ai dit : « Non ! », comme un enfant de six ans qui juge que la punition qu'on lui inflige est trop lourde et qui le fait savoir, lui, *naturellement* et sans effort...

Lorsque j'étais enfant, justement, ma tante me disait que j'avais un côté « soupe au lait », au sens où la colère monte si vite que le lait sort tout seul de la casserole. C'est drôle cette expression. Il n'y a que ceux qui n'ont jamais surveillé leur lait pendant qu'il bout qui ne peuvent pas comprendre. Et c'est vrai que j'avais tendance assez vite à monter en puissance. Et puis, l'éducation avait eu raison de mes colères et j'avais appris à saigner en silence. J'étais devenue la bonne copine qui écoute en se taisant, la fille bienveillante qui aura aussi le bon goût de ne pas manger tous les *cupcakes* ! Et pourtant, ça montait, ça montait. Je le sentais bien que ça montait... Autant que je me le rappelle, ça montait même très très vite et très très haut, dans les tours... Qu'attendait-elle de moi, cette bonne copine qui me refilait le bourdon plus souvent qu'à son tour ? Que je lui dise que si elle n'avait pas vécu au conditionnel, elle aurait peut-être construit quelque chose pour elle aujourd'hui ?

C'est quand elle m'a dit que « finalement on vivait la même chose » et qu'« un divorce, c'est pareil », que j'ai avalé ma dernière petite bouchée colorée et chocolatée avec beaucoup d'application, histoire de bien profiter et de ne pas avoir des petites miettes collées au gosier quand j'allais me mettre à lui répondre. Véronique, elle, n'a rien compris. Je me suis levée de ma chaise parce qu'après deux heures d'écoute pendant lesquelles je n'ai pas vraiment pas pu en placer une, j'avais besoin de me dégourdir les jambes... Véronique n'a rien vu venir – une fois de plus ! – parce qu'il n'y avait strictement aucune raison en apparence pour que je lui balance d'une seule traite et crescendo :

— Le problème avec toi, Véronique, c'est que tu ne veux pas sortir de ton malheur. Tu le cultives ; tu le soignes ; tu l'entretiens ; tu le fais fructifier ; tu le bichonnes ; tu le capitalises. T'es gentille, mais t'es invivable. La vie, c'est ce qu'on en fait. OK, tu t'es fait larguer. Regarde pas dans le rétro. C'est comme ça. C'est fini. Mais il te reste un paquet d'années à te lamenter, et j'en serai pas ! T'es pleurnichophile. Tu pourrais pourtant choisir d'aller de l'avant, non ? Oui, tu as l'impression que tu as touché le fond, mais tu peux remonter à la surface, parce que tu vaux mieux qu'un commercial qui n'a jamais su te remplir... Tu as passé ta vie à l'abri. Sors ton sac à dos et va te balader du côté du soleil. Y a des nanas qui se sont battues pour se libérer, et elles en ont vraiment chié. Vu de l'extérieur, il n'y a rien qui t'en empêche. Et même rien de rien. Moi, j'en peux plus de t'entendre et j'ai pas envie de prendre des cachets pour dormir. Tu as ce qu'il te faut pour bien appréhender ton virage, mais tu peux aussi te foutre dans le mur. Maintenant, démerde-toi !

J'en tremblais de dire ça, mais j'ai réussi à pas trop bafouiller. La tirade de Figaro, j'étais pas prête à la faire, mais en même temps, personne me la demandait. Je suis sortie vraiment en rage. Rage de sa mollesse. Rage de sa faiblesse. Marre de sa détresse et de sa tristesse. Bon, j'ai conscience de ne pas améliorer mon cas, mais c'est une petite victoire pour moi. C'est vrai que Véronique n'était pas la victime idéale. C'était même un peu cruel... Mais je ne l'ai pas fait par cruauté.

Mais ce qui me rendait vraiment triste, là, c'est que j'allais devoir apprendre à faire des *cupcakes*...

Retour de l'école

J'ai lavé le sol de la cuisine après avoir aspiré toute la maison.

La journée est passée vite et pourtant je n'ai pas fait grand-chose. Je file faire les courses. Le frigo est vide. Ça fait deux jours que les petits mangent rillettes et pâtes au beurre. Le sol de la cuisine devrait être sec à mon retour. Je me suis fait plaisir. J'ai passé du liquide de brillance sur les tomettes avant de quitter la maison. C'est l'automne. Ça sèche mal. Je suis sortie à reculons de la cuisine après avoir tout fait briller. Quand je rentrerai, ce sera sec, et je n'aurai plus qu'à récupérer les petits et la grande. On est vendredi. Bientôt le week-end. Chouette !

Je rentre des courses. Il est 16 heures.

En fait, le séchage du sol de la cuisine ne s'est pas exactement passé comme prévu. On n'imagine pas à quel point une ménagère doit tout prévoir…

Le chien !

En partant à reculons, j'ai oublié de fermer le couvercle de la poubelle. Erreur fatale. Le chien, qui se faisait oublier dans son panier quand je suis partie, y est allé direct en entendant la porte claquer. Sensibilisé à la récupération des déchets, il a fait son tri avec soin. Il a commencé par évacuer l'entièreté des poussières de l'aspirateur sans sac que j'avais vidé juste avant sur ma fine pellicule de liquide de brillance un peu poisseux. J'ai donc trouvé à mon retour, en sus des papattes du chien gravées dans le sol comme les pieds et les mains des stars sur Hollywood Boulevard, une fine couche de poussières déposées çà et là, comme au milieu de la forêt quand on se réjouit de découvrir des traces de cerfs... Sauf que là, ça me réjouit pas ! Un saccage en règle, avec des petites épluchures de patates collées dans la poussière et des serviettes en papier ici et là. Et ce n'est pas la punition du chien – c'est bon, je l'ai pas tué – qui compense le gros coup de mou. Sans compter que le retour des petits de l'école et du collège est imminent. Vlam !

Armance, je le vois aussi tout de suite, est déjà là. Elle est rentrée avec trois copines. Il y a huit chaussures qui traînent autour de l'horloge de la cuisine, en vrac, sur mon sol pas sec. Je ne sais pas si elles sont arrivées avant ou après l'épisode du chien, mais elles aussi ont joué les stars !

Juste le temps de se débarrasser du chien au chenil – à voir sa queue sous son ventre, on aurait pu penser qu'il avait pris des cours de contorsionnisme –, et je file chercher Adélie à l'école. Je rentre à la maison. Adélie a passé une mauvaise journée. Elle prend son goûter, la tête dans les nuages et dans ses histoires de filles pendant que je commence à réparer les bêtises de Lola. Ça déménage pas mal à l'école. J'ai du mal à suivre, mais je me concentre. Les filles se chicanent. Je t'aime, moi non plus, ça date pas de Gainsbourg et Birkin. Il fait froid à la maison. Surtout depuis que tu es parti. Adélie veut un chocolat. C'est chaud. C'est doux. Ça sent bon. Elle renverse un peu de lait à la sortie du micro-ondes. Je ramasse à la hâte, un peu agacée. Adélie a des moustaches. Elle est vraiment triste à cause d'une copine qui ne veut plus que « les filles » parlent à une autre copine, qui ne sait pas trop pourquoi ça lui tombe dessus, mais qui se retrouve collée au poteau du préau, toute seule. Moi, tant que c'est pas Adélie qu'on colle au poteau et qui se retrouve toute seule, et bien, je m'en fous un peu. C'est cruel, mais c'est la peau de ma fille que je veux sauver, pas celle des autres. C'est déjà un travail à plein-temps.

17 h 15. Ambroise arrive par le bus. Je file le chercher. Il est de mauvaise humeur, aussi. Une histoire de carte de cantine perdue, et pas dix de retrouvées. Je dis trop rien. Je cautionne pas. Je dis juste qu'il aurait dû ranger sa carte. Il répond pas. Il fait la tête. En arrivant dans la maison après avoir

claqué la porte de la voiture, il jette son sac à ses pieds, enlève ses chaussures là où il se trouve, balance son manteau et ouvre à son tour la boîte à goûter.

C'est là que je me suis mise à crier. C'est là que, peut-être, il y a eu un truc qui s'est cassé ou qui s'est déclenché. Ce truc de l'autre jour, avec Véronique. Cette colère. Je ne sais pas. Je ne sais pas si c'est cette énième paire de chaussures un peu boueuses abandonnée devant la porte qui m'a déclenchée, si c'est le sac à dos dans le passage ou si c'est le manteau lancé sur une chaise... Je ne sais pas si c'est la poubelle et la poussière, le liquide poisseux des dalles ou les traces collées dessus ou si c'est le lait qui coule le long du réfrigérateur quand Adélie l'a renversé, tout à l'heure... En fait, je ne sais pas ce qui s'est exactement passé et ce qui pourrait justifier, fondamentalement, le moindre hurlement. Toujours est-il que j'ai crié, là, très très fort, comme si tout mon être attendait ce moment, comme si mes poumons s'étaient gonflés de colère depuis bientôt un an et que cette colère voulait enfin sortir. « Tu pourrais ranger ton manteau !... Et tes chaussures !... Et ton sac !... Et ton sac de sport !... Et toi aussi Adélie ! Non mais vous trouvez que c'est normal ? Je fais quoi, là ? Vous rangez tout de suite ! » Adélie s'exécute. Avec l'arrivée des deux petits (et sans compter les pattes du chien), on compte quand même une bonne douzaine de chaussures qui traînent… Ambroise continue de se verser sa grenadine, impassible, mais il a douze ans, et comme son frère il y a quelques années, il n'entend rien.

C'est alors qu'Armance apparaît, en pleine guerre, alors que je m'échauffe et que je m'essouffle et que je hurle tellement fort que le juge d'Angers à qui on a confié mon dossier est déjà en train de dicter de nouvelles lettres comminatoires à sa greffière.

— Bonjour, Maman. Comment vas-tu ? As-tu passé une bonne journée ? Veux-tu que je t'aide ?

Et là, alors même que toutes les casseroles de lait débordaient dans mon cerveau, le feu s'est éteint. Cette grande ado l'air de rien me donnait sa leçon. Il était temps.

Encore

Alors j'ai plongé.

Direct.

Et le plongeoir était très très haut…

Je me suis inscrite sur les sites de rencontre et j'ai attendu, comme Henry James, la « bête dans la jungle ». J'ai rencontré un camionneur et son furet ; j'ai visité un 3,5 tonnes et me suis extasiée sur l'installation et l'ingénierie. J'ai rencontré un chef d'entreprise dépressif dont l'appartement ressemblait à celui d'un étudiant de première année, avec poisson rouge et meubles dépareillés. J'ai croisé un cuisinier qui cherchait sa cuisinière et un plombier qui cherchait sa plombière. J'ai rencontré un haut fonctionnaire de l'administration mais, évidemment, on n'a pas réussi à s'entendre. Un musicien qui cherchait son instrument. Un architecte sans toit. Un pompier qui avait une voiture jaune et un facteur qui n'écrivait pas de lettres. Un poète, qui envoyait toujours la même poésie, celle d'un premier message à peu près bien tourné. Et à chacun d'eux, je prenais un peu. Juste quelques moments de plaisir.

Je ne les ai pas oubliés.

Je les ai alignés dans mon désastre.

J'ai eu des rendez-vous sur des parkings ou dans des bars. J'ai eu ma crise d'adolescence. En règle et en accéléré. J'ai croisé des vies, et je n'ai pas aimé ces vies. Des vies tristes et sans relief. Des vies qui se résument en quelques lignes, pour que les « Michel et Murielle » puissent les dire dans les églises le jour où tout est fini, des vies de merde. Qu'on n'en parle plus. Des vies d'hommes abandonnés, trompés, perdus, déçus, abîmés, désespérés, découragés, médiocres, pitoyables ou tout simplement malheureux.

J'ai avancé dans le noir, mais je savais où j'allais. C'est déjà ça. Et je ne suis pas tombée. J'ai juste appris qui je n'étais pas. Ce qui me permet de savoir qui je suis.

J'ai écrit des messages imaginaires aux uns, aux autres, des lettres mortes pour me redonner l'envie de vivre, des lettres que j'avais envie d'écrire, des lettres d'amour comme celles que je t'écrivais. Comme des bonbons au miel. Des textos, aussi, que Swann aurait pu adresser à Odette de Crécy s'il avait eu un portable. Pour des hommes qui n'étaient même pas mon genre…

Je n'en ai parlé à personne. Qui pourrait entendre cela ? Qui pourrait comprendre que je voulais toucher le fond ? Un peloton d'exécution. Et pas avec les yeux bandés. Ravage. Misère humaine impartageable. La solitude multipliée. Oh, mais elle n'a pas traîné. On n'aurait jamais pensé. Quand même ! Au fait, vous étiez au courant ? Parce que mon malheur, comme tous les malheurs, il prend toute la place. Je fais un peu peur aux gens. Je suis enrobée comme la cerise dans le chocolat du « Mon chéri ». Elle ne peut pas sortir la cerise, sans se faire repérer, sans dégouliner partout. Comment pourrais-je expliquer que je dois le faire ? Que je dois me salir. Que d'autres se mettraient peut-être à boire. Moi, j'ai jamais rien bu que de la grenadine ! Et c'est pas avec de la grenadine qu'on peut se laisser aller. Je n'ai pas croisé Charles Swann. Dommage, j'aurais bien aimé. On aurait parlé d'Odette, c'est sûr, et de sa déconfiture. J'ai été Emma sans être Madame. J'ai eu une petite pensée pour Flaubert.

J'arrive à l'hôtel. Quelques minutes de flottement. Une éternité. Celui qui m'attend a un sourire sincère. J'ai envie de lui, là, tout de suite. Mais comment faire ? Il s'écarte, garde ses distances, sourit, toujours. Parfaitement aimable. Et puis tout bascule. C'est un monde qui s'ouvre. Une bouche. Je le veux puissamment. Il m'emmène. Le moment me déborde. Nous allons nous découvrir. Je vais le connaître. Je vais renaître avec lui.

Ses mains, dans mon dos, me caressent. Je ferme les yeux. Me laisser aller. C'est si bon. Mais je suis encore perdue. Tout cela va trop vite.

C'est le début. Compte à rebours.

Il m'embrasse et je change de planète. Il est doux ; il est chaud. Son corps est parfait. Bien plus que je n'ai osé l'imaginer. Il entre en moi. Mon Dieu. Ses muscles. La vie qui se réveille et son odeur, ses baisers. Ses caresses. Je voudrais que cela ne s'arrête jamais. Le lâcher-prise. Pas encore. Je ne sais pas faire. Je ne le connais pas. Me retenir. Il faudra que cela recommence. Il faudra que je regoûte à cela. Je suis submergée. Alors que plus rien en moi n'était vivant. C'est un réveil, une douche, un baiser de Belle au bois dormant. Pas une simple histoire. Non, ce n'est pas possible. C'est trop bien. C'est trop fort. J'y crois. Je voudrais qu'il s'enfonce en moi, dans ma chair, qu'il m'abîme dans ses efforts.

Alors je me tourne, passe sur son corps, et me redresse. Il m'appartient. Quelques instants. Il est absolument beau et son érection ne se relâche pas. C'est la première fois. Pour toujours. C'est tellement bon. Lui semble un peu timide, délicat, pas complètement à moi. Une résistance. Une peur, peut-être.

Ses mains sont parfaites. Sa bouche est curieuse. Jouir ? Mais comment le pourrais-je ? Mais c'est si bon. J'avance et je suis bien. Je suis si bien. Encore ces étreintes et ces baisers. Je voudrais tout oublier. Mais je n'oublie pas. Je voudrais qu'il m'emmène loin loin de moi. Qu'il prenne ma main et ne la lâche plus.

Mais j'oubliais. Nous faisons l'amour, et cela ne dure pas.

Je vais me réveiller.

Je me réveille.

Le plaisir. C'est bon. C'est doux. Mais ça ne dure pas.

Encore un baiser.

Je sais que la vie n'est pas un long fleuve tranquille et j'ai toujours vécu comme ces gens qui savent qu'ils vont mourir jeunes et qui brûlent, et qui se hâtent, et qui mettent les bouchées doubles. Mais ce n'est pas moi qui suis morte. Je veux sortir du noir qui m'enveloppe. Pas comme une petite robe noire élégante et fine. Plutôt comme une tenue de plongée, épaisse et collante. Je me suis promis de faire rebattre mon cœur. Parce que j'aime la vie. Parce que je pense, toujours, que la vie est belle.

Je suis redevenue une petite fille. En haut du mur. Comme le petit prince, avant de rejoindre sa planète. Mordu par le serpent. Il va falloir que je tombe.

Je reste à lui, pour l'heure et pour demain. Jusqu'à après-demain. C'est bien cela ?

Les étoiles tournent dans ma tête. Comme dans les dessins animés.

Je sais que je ne le reverrai pas. À quoi bon ? Je n'ai même pas envie de le revoir. Je veux me charger en électricité, comme dans la chanson de Téléphone. Faut pas que j'me laisse aller, qu'il disait Jean-Louis Aubert, mais faut bien que les neutrons embrassent les protons avec éclat. Je veux que ça brille.

Je suis plus forte maintenant. Et je sais ce que je veux. Et ce que je ne veux pas.

Et j'irai chercher, aussi loin qu'il le faudra, mes émotions. Je sais qu'elles sont la clef de tout. Je suis prête.

Fin novembre : bientôt Noël

Fort comme la mort

Il est rentré d'Argentine, notre petit putois. Troisième année d'études. Il va passer Noël avec nous. Trois semaines. La fratrie au complet. Une brique de bonheur sur la tête.

Il me revient.

Il est devenu toi en devenant lui. D'abord, il te ressemble physiquement. Il a vingt ans, tu sais. Aussi brun que toi. Il est très beau. Ensuite, il te ressemble dans sa tête. Il est très drôle. Je ne sais pas ce qui est le plus fantastique dans cet enfant qui grandit. Pour moi qui le regarde.

Parce que c'est toi qui reviens.

C'était hier. Anselme avait six mois… Tu l'avais dans les bras, parce qu'il ne dormait pas. Un petit bout de rien du tout, qui avait révolutionné la maison. Tu ne voulais pas que ton enfant crie. Jamais ! Tu le promenais dans tes bras pendant des heures et des heures. Et tu lui parlais. Et tu me réveillais.

Et je le portais. Et je tournais dans la salle à manger, autour de la table, pour le bercer. Et on lui chantait des chansons douces.

Et on se refilait le bébé !

Jusqu'à ce qu'il se rendorme. Au creux de nous.

Parce qu'on finissait la nuit à trois, bien sûr.

Et on lui racontait des histoires, qu'on inventait. En boucle.

Et il souriait dans son sommeil, avec ses petits cheveux noirs qui dansaient sur sa tête, et ses deux tétines, une dans la bouche, une dans la main. Deux tétines qu'il exigeait d'avoir à tout moment de la nuit. Exigence qui nous valait de nous relever dix fois par nuit…

Tu te rappelles ?

Anselme, je voudrais que tu te rappelles des histoires que te racontait papa. Celle de Brouton, le ver de terre, amoureux d'une coccinelle. Une vraie histoire d'amour. Celle du petit poisson fou qui voulait voir le monde. Celle de la fleur qui savait parler. Celle du dinosaure à poils doux. On te faisait des histoires sur mesure, aux petits oignons. Des histoires qui finissaient bien. Souvent. Mais pas toujours. Parce que dans la vie, les histoires ne finissent pas toujours bien. Où sont ces histoires dans ta tête ? Où les as-tu rangées ? Dans quel coin de tes souvenirs ? Gardes-tu l'image de ta chambre en papier Vichy, vert et bleu, de ta fenêtre au-dessus des arbres, du tableau du petit prince sur le mur ? La plus jolie chambre du plus joli petit garçon dont on peut rêver. Sans aucun nuage sur les murs. Juste des étoiles et un mobile en bois.

Si je pouvais remonter le temps, c'est là, sans l'ombre d'une hésitation, que je reviendrais. Dans le petit lit de ta petite chambre de notre petite maison de notre petite banlieue, où nous nous allongions contre ton petit toi. De chaque côté de toi. Avec tes yeux dans le cœur et le cœur dans la joie. Et la main de papa dans la mienne. Mais quand on est heureux, on ne prend pas de notes. On prend parfois des photos. Mais on ne peut pas photographier le bonheur qu'on a dans le cœur. Si l'on avait de quoi mesurer le bonheur, les hommes seraient peut-être plus heureux. Ils sauraient qu'ils doivent s'arrêter, profiter, jouir au lieu de courir. Ils sauraient qu'ils doivent garder tel ou tel moment en mémoire pour les jours où ils en auront besoin. Pour faire des provisions de bonheur. S'en mettre plein les joues et plein le cœur. On ne fait jamais d'indigestion de bonheur. Mais, hélas, on passe à côté, ou on oublie. On perd l'odeur, la douceur de la peau, le grain de la voix… Une petite fuite de rien du tout, comme un goutte-à-goutte sous un radiateur, et on met une petite coupelle, qu'on vide de temps en temps, sans se rendre compte du désastre. Et puis un jour, le chauffage ne marche plus. Parce qu'il n'y a plus d'eau dans le circuit.

Je sais maintenant que dans ces moments-là, je marchais au-dessus des étoiles.

Je sais aussi que je n'ai pas été taillée dans la douleur. Que je ne suis pas faite pour le malheur. Qu'il faut bien que le malheur s'arrête un jour. Moi, j'aime le sucré. La douceur. Le chocolat. J'aime les plumes et les couleurs. J'aime le printemps et les feuilles nouvelles. J'aime la vie. J'aime ma vie. J'ai fait de ma vie une œuvre d'art. Je dois la poursuivre malgré toi. Je sais que nous aurions pu être heureux des millions d'années encore, mais c'est comme ça. Alors je te garde au chaud. Au creux de moi. Avec l'enfant qu'Anselme a été, avec tous les souvenirs de nous et de nos enfants pour me réchauffer. Et je veille à ce que le chauffage ne s'éteigne jamais. Pas la moindre petite goutte à côté. J'ai mis des joints qui résistent au temps.

Tiens, au fait, Anselme, j'espère que tu penseras à leur raconter des histoires à tes enfants. Parce que sans histoires, le monde est beaucoup trop triste. Même le capitaine Crochet sait cela dans *Peter Pan.* S'il enlève Wendy pour l'emmener sur son navire de pirate, c'est juste pour cette raison… Pour qu'elle lui raconte des histoires.

Décembre

Une tombe en hiver

Je les attendais quelques semaines plus tôt, mais ils ont reculé leur arrivée à cause des gilets jaunes. Ça m'aurait bien arrangé qu'ils viennent plus tôt car j'ai dû passer trois jours consécutifs au Mans pour le Forum Philo *Le Monde* Le Mans, au mois de novembre. J'ai laissé les enfants seuls pendant trois jours et deux nuits. Pas grave. Eux aussi, ils grandissent… On fait tous comme on peut.

À leur arrivée, je les accueille avec le sourire. Ça me fait plaisir de les voir, mais ils ont un masque de douleur. Ça va être long ces deux jours…

— Dites-moi, Nathalie. Vous comptez faire quelque chose pour le cimetière ?

Ils sont à peine arrivés que je sens que ça va être compliqué…

— Pardon ?

— Oui parce que là on vient du cimetière. Il faut faire quelque chose.

Belle-maman a le visage fermé. Eh oui, j'ai compris. Mon petit jardin coloré a pris le gel. Il était encore sublime il y a quelques jours ! J'en étais tellement fière... S'ils étaient venus une semaine plus tôt, ils m'auraient dit que c'était joli.

Alors j'essaie de me justifier, parce que j'ai été foudroyée, bien sûr :

— En fait, le gel vient de tout abîmer. Même les potées de la Toussaint. Les chrysanthèmes ont tous gelé. Vous avez vu ? Les fleurs ont toutes une sale couleur marron et transparente. Je retournerai couper tout cela dès que j'aurai fini mes cours. Normalement, il devrait y avoir des roses de Noël, sous les fleurs qui ont gelé. Mon idée est qu'il y ait constamment des fleurs...

— Oui, mais là, il faut faire quelque chose, Nathalie. Ce n'est pas pour nous qu'on dit ça. C'est vis-à-vis des autres. On dirait une tombe abandonnée. Vous devriez mettre un marbre. Pour faire propre.

Ce n'est que la première salve d'une longue série...

— Écoutez, vraiment, j'étais heureuse de vous montrer l'aménagement de la tombe, avec la petite grille en fer rouillée. Vous avez vu, j'ai fait grimper une clématite ? Je sais bien que ce n'est pas la saison et on dirait une liane morte, mais ça viendra. Les fleurs seront belles. Pour être totalement honnête, je ne compte rien faire de plus. Je trouve que la tombe est charmante, avec ses bordures de buis...

Grimace. Silence. L'affaire semble réglée. La prochaine fois, il y aura des fleurs partout, de toute façon. Ils ne reviendront pas avant avril...

Ils sortent les affaires de la voiture. Ils se disputent un peu, se comprennent mal. Cela m'amuse. Je les aime bien, au fond. Et mon beau-père, qui a conscience de l'atmosphère un peu lourde, me dit :

— C'est ça les vieux, ça se dispute tout le temps. Dans les campagnes, autrefois, les vieux couples, ça pouvait aller jusqu'à la haine. La haine, Nathalie ! Vous savez, ça ? Vous n'imaginez pas ce qui pouvait se passer dans les campagnes. Ils ne se parlaient plus du tout...

Silence. Mon beau-père pose sa valise et poursuit :

— Au moins, vous avez gagné ça ! Maigre consolation...

Mon Dieu, comme j'aimerais que tu entendes ça... Pour pouvoir en rire. C'est vrai que des fois, toutes ces maladresses accumulées, en cascades, ça nous faisait rire. On ne disait rien. Et puis, le soir, c'étaient les fous rires, dans la chambre. Mais là, franchement, ça ne me fait pas trop rire, hein ?

J'arrive quand même à rien dire. Quoi dire d'ailleurs ? Je propose à mon beau-père le fauteuil, dans la cuisine, au coin du feu. Pour se reposer. Mais c'est encore une catastrophe.

— Non, non, je peux pas m'asseoir sur ce fauteuil. C'est le fauteuil de Christophe. Je le vois toujours dedans. Vous, peut-être, vous pouvez. Mais moi, je peux pas.

Je lâche, tout bas :

— Vous savez, c'est difficile pour moi aussi.

— Oui, mais vous, vous êtes jeune. Vous avez toute la vie devant vous. Alors que moi…

Voilà. En moins de temps qu'il ne faut pour l'écrire, ils auront investi mon espace et mon esprit, et tiré plusieurs balles en plein cœur, hiérarchisé le malheur, le mien, le leur, et montré combien c'est plus facile pour moi, qui suis si jeune et si occupée. Heureusement que je connais le moyen de dévier les balles. Le film *Wanted*, on l'a regardé plusieurs fois, tous les deux, toi et moi, et je suis bien entraînée. Oui, je sais donner une autre trajectoire aux balles.

N'empêche que j'ai pas la chaîne de réparation des corps, comme dans le film, et que ça fait quand même un peu mal, là.

30 décembre 2018

Le bateau de Thésée

Il y a cette histoire, qui me traverse. L'histoire du bateau de Thésée.

Et l'on revient à Athènes, où tout commence.

Les Athéniens vénéraient le bateau de Thésée pour ce qu'il symbolisait : la force d'Athènes, sa gloire, sa splendeur. Ce bateau était une légende, rapportée par Plutarque dans ses *Vies parallèles des hommes illustres*. C'est sur ce bateau que Thésée s'était embarqué pour aller combattre le Minotaure, le monstre du labyrinthe, et c'est ce bateau qui l'avait ramené en vainqueur à Athènes. C'était le bateau d'un héros, et les Athéniens avaient alors pris soin du bateau, qui était un peu le prolongement de son corps héroïque. Alors, ils ôtaient les planches abîmées, et les remplaçaient ; ils enlevaient les voiles fatiguées et les changeaient ; ils retiraient les cordes, les mâts, les poulies et les renouvelaient. Tant et si bien que deux siècles plus tard, chacune des pièces, jusqu'à la plus minuscule, avait été changée. Alors *quid* du bateau de Thésée ? Était-ce bien encore le bateau de Thésée, alors que les pieds de Thésée n'avaient jamais foulé ce plancher ? Alors que les mains de Thésée ne s'étaient jamais posées sur cette rambarde ? Était-ce le même bateau ? Ou pas ? On s'interroge. Aristote, lui, pensait que ce qui faisait l'identité du bateau de Thésée, ce n'était pas la matière, mais c'était l'idée qu'on en avait. Voilà. L'Idée.

Alors pourquoi diable cette idée de bateau me traverse-t-elle ? Parce que le « moi » – c'est Hume qui le dit cette fois – est comme le bateau de Thésée. Le « moi » change sans cesse parce que les perceptions changent sans cesse. Il faut alors supposer une perception supérieure du moi qui a pour objectif d'assurer la cohérence de soi. *Être soi, c'est se souvenir de soi.*

Qui suis-je, maintenant ? Après trente ans de toi et un an sans toi ?

Je suis comme le bateau de Thésée.

Je suis le bateau de Thésée.

J'ai changé du tout au tout. Il n'a pas fallu des siècles pour me changer. Il m'a fallu une toute petite année. Pour une révolution copernicienne. Je le sais au fond de moi. Il n'y a quasi plus rien de moi en moi. C'est mort.

J'ai changé ma façon de voir le monde.
J'ai changé mon apparence.
J'ai changé des choses.
J'ai changé mes cours.
J'ai changé le cours des choses.

Mais je n'ai pas changé mon nom. Ça, ça me reste. Nathalie Prince. Je porte ton nom comme j'ai porté tes enfants, qui portent ton nom et qui te portent pour l'éternité.

Ordi, amphi, les petits, au lit.
J'ai fait des conneries.
À corps perdu.
Je n'ai plus de limites. Je ne suis plus contenue. C'est toi qui me contenais.
Le réel m'est insupportable.

J'ai dix-sept ans. Je ne te connais pas et ma vie est devant moi. Est-ce bien cela ?

Mais non, je me rappelle ! C'est le capitaine Crochet qui partage ma vie, maintenant. Oui, je me rappelle, j'ai quarante-huit ans et tu n'es plus là...

Mais je ne suis pas une héroïne tragique, comme la Phèdre de Racine, qui m'agace, décidément, celle-là. Je le répétais, l'autre jour, à mes étudiants. Elle, elle ne fait rien pour s'en sortir. Elle se laisse mourir. Dès le début de la pièce, elle se traîne, elle est aveuglée par la lumière du soleil, elle parle à tort et à travers.

Moi, au moins, j'essaie de soutenir l'éclat du soleil. Et je ne parle pas.

J'écris.

Je n'écris pas parce que je me souviens. J'écris parce que je ne me souviens pas. J'écris parce que j'ai peur de ne plus me souvenir. J'écris pour tresser ma peine et, très vite, ce qui est écrit gomme ce qui a été vécu.

J'écris.

Pour devenir ce que je suis.

Notre destin n'est-il pas de nous accomplir dans notre incapacité au renoncement ?

L’arrosoir (2/2)

Infinie tristesse aujourd’hui.

Il pleut très fort et le ciel est bas et lourd quand je franchis la grille du cimetière. Les gouttes de pluie sont plus grosses qu’à l’ordinaire. Il n’y aura pas besoin d’arroser la tombe. Juste ôter quelques feuilles mortes qui auraient eu le mauvais goût de venir se poser sur toi.

Mais aujourd’hui n’est pas exactement un jour comme les autres. Il s’est passé quelque chose. Je le vois bien quand j’arrive à grands pas. Juste en face de moi, face à l’entrée du cimetière, une avalanche de fleurs colorées sur la petite tombe d’Hélène, avec son oiseau granitique. Non pas une nouvelle tombe, mais un agrandissement, comme quand on attend un nouvel enfant et qu’on fait des travaux pour qu’il ait sa petite chambre à lui tout seul.

Nous, c’est quand Armance est arrivée qu’on a dû agrandir la maison. Notre deuxième ! Une fille.

Le choix du roi. Le bonheur. On avait une petite meulière, en région parisienne et une manière d'appentis qui ne servait à rien. Alors on a fermé l'appentis et on a construit une chambrette, en soupente, pour la gracieuse enfant, et une petite pièce en dessous. Un casse-tête, parce que le maçon avait fait une grossière erreur dans ses calculs en confondant la hauteur du plancher de la chambre avec la hauteur du plafond de la pièce du dessous. On perdait, en fait, quarante centimètres de hauteur dans la soupente en question, ce qui, *grosso modo*, nous obligeait à longer le mur sur la droite si on voulait tenir debout. Il n'y avait que les trente centimètres de droite qui permettaient de rester droit… Une architecture aussi absurde que certains édifices de Santiago Calatrava ! De fait, on avait placé le lit de la petite princesse sur la gauche, côté mur incliné, en le poussant au maximum, et il fallait juste éviter de cogner la tête du bébé chaque fois qu'on le prenait dans les bras ou chaque fois qu'on le reposait… en se disant qu'on devra faire gaffe quand elle commencerait à tenir debout si l'on ne voulait pas qu'elle s'assomme systématiquement. Bref.

Ce maçon, on l'adorait. Attachant. Profondément humain. Un ami. Il nous avait raconté qu'il possédait une bicoque dans une banlieue parisienne en pleine expansion et que tout un tas de promoteurs étaient venus le trouver pour lui racheter son petit bout de terrain à prix d'or : trois cents mètres carrés avec une maisonnette construite de ses propres mains, sans artifice et sans charme, comme dans le film d'animation *Là-haut*. Comme il n'avait pas pu faire s'envoler sa maison avec des ballons et qu'il n'avait jamais voulu vendre son terrain ni sa maison, il s'était retrouvé littéralement coincé entre deux barres d'immeubles. Des murs immenses entouraient sa maison : de l'ombre avait poussé dans son jardin et il y faisait froid. Mais il restait arc-bouté sur ce terrain auquel il tenait tant et bravait le béton, chaque jour, quand il garait sa camionnette blanche devant sa porte.

Il y a des vies, comme cela, qui sont des petits combats. Personne ne le sait et tout le monde s'en fout, mais ce sont des vies importantes parce qu'elles ont trouvé leur sens. Parce que ceux qui mènent ces combats savent où ils vont : c'est celui qui refuse de voir sa maison broyée sous les pelles des démolisseurs ; c'est cet autre qui veut faire sonner ensemble toutes ses pendules anciennes pour unifier l'heure ; c'est celui qui collectionne les balles de golf ou les cônes de signalisation dans sa maison, ou celle qui ne plante que des fleurs blanches dans son jardin minuscule. C'est une façon comme une autre d'aimer la vie. J'aime cette folie douce, qui nous berce et qui nous enchante. Si les fous n'existaient pas, le monde serait tellement triste…

Alors je me suis approchée, tout doux, des fleurs et des rubans, et j'ai refait la petite histoire que j'avais sous les yeux. La tombe, je la connais bien, toujours propre et soignée, avec sa petite jardinière bien arrosée et des larmes régulières pour la baigner. La tombe d'Hélène. Presque rien n'a changé. Juste la plaque avec deux noms qui se rejoignent, désormais, l'un au-dessus de l'autre comme les amants qu'ils ont été. Après toutes ces années de séparation, Hélène a retrouvé son Jules dans la fleur de ses quelque quatre-vingt-cinq ans ! Il va me manquer, l'animal, avec son sourire et son arrosoir. Je me demande bien qui va s'occuper de lui, maintenant, et d'elle enfin, et combien de temps la petite jardinière restera humide.

Je les envie, un peu.

Ils vont avoir tant de choses à se dire.

Et surtout, je me dis que je ne vais pas attendre que la pluie s'arrête.

Je me dis que je vais apprendre à danser sous la pluie.

30 décembre 2018

Lettre d'information Patient

Institut de Cancérologie de l'Ouest
sur l'utilisation de vos données dans le cadre d'un projet de recherche

Monsieur PRINCE Christophe
XXXXX

Monsieur,

Ce courrier vous est adressé à titre d'information en raison de nouvelles obligations légales.

Lors de votre prise en charge à l'Institut de Cancérologie de l'Ouest (ICO), l'ensemble de vos informations (médicales et administratives) est enregistré dans votre dossier médical informatisé. Ces informations s'appellent **des données.**

Pour votre parfaite prise en charge, cet enregistrement de vos données permet en effet un partage de l'information entre les professionnels de santé qui vous suivent.

Savez-vous que vos données médicales sont aussi indispensables pour faire avancer la recherche contre le cancer ? L'ICO a besoin de vos données de santé afin de participer à des recherches scientifiques dans le but d'améliorer la prévention, le dépistage et le soin en cancérologie, dans l'intérêt public.

L'ICO a créé ou participe à des entrepôts de données de santé pour utiliser vos données de manière sécurisée et confidentielle, dont l'objectif est la recherche contre le cancer. Ainsi, par exemple, votre identité ne sera jamais dévoilée et sera remplacée par un numéro. Votre nom et prénom seront connus uniquement par le médecin qui vous prend en charge. Vos coordonnées identifiantes ne seront pas communiquées. [...]

Le recueil de vos données de santé dans les entrepôts n'a aucune incidence sur votre prise en charge médicale. Les recherches sur vos données ne donnent lieu à aucun examen de santé supplémentaire.

Pour chaque projet de recherche, les données recueillies seront conservées pendant deux ans après la publication des résultats de la recherche. Elles seront ensuite archivées, avec un accès restreint aux personnes intervenant dans la recherche, pendant une durée limitée.

Vous disposez de droits sur vos données : droit d'accès, droit de les rectifier lorsqu'elles sont inexactes ou incomplètes, droit de limiter le traitement de vos données le temps de leur rectification, droit d'obtenir et réutiliser une copie de vos données pour un usage personnel ou pour les transmettre à un tiers de votre choix.

Vous disposez également d'un droit d'opposition, empêchant toute utilisation ultérieure de vos données pour des recherches en cancérologie. [...]

Si vous considérez que vos droits à la protection de vos données n'ont pas été respectés, vous pouvez saisir l'autorité de contrôle : la CNIL.

En revanche, *aucune réponse n'est attendue à ce courrier*[1] si vous êtes d'accord pour que vos données soient utilisées dans les entrepôts pour des projets de recherche en cancérologie.

Recevez, monsieur, l'expression de notre considération.

Directeur général

*

* *

1. En rouge dans le texte original. Ce n'est pas moi qui souligne, donc.

Cimetière de l'Ouest, six pieds sous terre

Cher Directeur général (pardonnez-moi,
je ne sais pas distinguer votre nom de
votre prénom, je garde donc l'ensemble tel quel),

Je vous remercie de ces informations dont je vais faire le meilleur usage. Il me saute aux yeux, puisque vous l'écrivez en rouge, qu'« aucune réponse n'est attendue à ce courrier », ce qui me convient tout à fait puisque je suis mort il y a tout juste un an dans les locaux que vous dirigez généralement (au cas où vous auriez signé par votre fonction). Il aurait peut-être été légitime de prendre note de mon décès (une donnée sans doute négligeable à vos yeux, mais essentielle pour toute ma famille), et vous auriez pu m'envoyer une vraie lettre d'anniversaire. Cela aurait évité à ma veuve de recevoir un énième courrier absurde de l'administration. Cela s'appelle du **bon sens.**

N.-B. Ma veuve apprécie, cela dit, à leur juste prix, chacune de ces données administratives qu'elle reçoit depuis mon décès, et elle les consigne soigneusement dans un entrepôt strictement non confidentiel dans le but d'alerter les gens sur les petits dysfonctionnements de ce monde perdu et de les faire rire – ou sourire – un peu. Un tout petit peu, c'est déjà ça.

Christophe Prince

Épitaphe : la cinquième saison

Ne crois pas, lecteur, toi qui connais la folie du monde, que je m'en suis sortie. En fait, j'ai juste réussi à attraper la branche qui me permet de ne pas tomber dans la cascade, dans le précipice, et disparaître tout à fait. Un tout petit bout de branche qui traîne et qui tient par un fil, même si on voit bien les petits morceaux de terre qui s'effritent et les petits cailloux qui tombent autour des racines... Rassure-toi : je le tiens bien et je ne le lâche pas, ce petit bout de branche parce que ce serait trop facile, non ? De dire au revoir, maintenant, de tirer sa révérence, de se jeter dans le vide. C'est pas moi, ça.

Et lui, il aurait pas aimé ça...

Pour le moment, juste encore un mot. Le der des der. Pour qu'on en finisse.

Dans un de ses *Essais*, Montaigne écrit que « philosopher, c'est apprendre à mourir ». Parce que si l'on apprenait aux hommes à mourir, on leur apprendrait à vivre. Montaigne se tient prêt, en quelque sorte, à « déloger », à n'importe quel moment et sans aucun regret. Sans peur, non plus. Montaigne écrit que le même passage que l'on a fait de la mort à la vie, sans passion et sans frayeur, on doit le reprendre, de la vie à la mort. Car tous les jours vont à la mort, même si seulement le dernier y arrive.

Moi, ce que je pense, c'est qu'aimer, c'est apprendre à mourir.

*
* *

J'ai souvent eu envie d'écrire un roman pour les adolescents. Un roman où le monde tourne mal. Un roman où le monde tourne le plus mal possible. Un roman qui dit notre monde sans le nommer, en changeant juste la date ou en imaginant des lieux qui n'existent pas. J'ai imaginé des scénarios terribles pour dire la fin du monde, des histoires d'îles perdues et des histoires d'étoiles prêtes à s'éteindre. Des mondes sans adultes et des mondes sans enfants. Des mondes d'hiver et des mondes distants. Des mondes gelés et des mondes brûlants. Des mondes dans l'eau et des mondes d'au-delà. Des mondes sans gravité et des mondes sans fleurs. Mais le plus terrible scénario que j'ai eu à écrire, c'est celui-là : la fin de toi. Vivre dans un monde où je ne te vois plus, où je ne t'entends plus, où je ne te touche plus. Vivre dans un monde qui m'est absolument étranger. Un monde où il ne fait résolument plus bon vivre, une dystopie pour adolescents sans repères. Un monde où je suis plantée comme un olivier en Arctique et je n'ai plus l'âge de compter sur le réchauffement climatique pour me refaire des racines. Blanches, d'ailleurs, les racines. Le voilà le titre de ma dystopie : la cinquième saison.

Je suis arrivée dans la cinquième saison.

Comment survivre ? Je vais devoir apprendre.

Je pars avec quoi ? Quatre enfants et un chien.

Comment traverse-t-on les courants ? Je ne sais pas encore. Il n'y a pas de carte marine et je n'ai pas la boussole d'or.

Peut-on en sortir ? Je ne peux pas encore le dire, mais je crois que oui. Là, j'avance dans l'ombre, mais je vois de la lumière, une toute petite lumière de rien du tout, celle d'un ver luisant, qui me rassure.

Si je ne sais pas exactement quand je suis arrivée là, ce que je sais, c'est que je reconnais cette saison. Ce n'est pas une saison comme les autres. C'est une saison qui ne chante pas. C'est la saison oubliée de Vivaldi. La musique, les quatre mouvements de la vie, du cœur qui bat : lent, rapide, lent, rapide.

J'ai dans le cœur une nouvelle saison, sans pluie et sans neige, sans fruits et sans chaleur, atone et sans couleur, une saison que beaucoup connaissent et qui dure beaucoup plus longtemps que les autres. Et si je regarde autour de moi, sur les visages que je croise, c'est elle que je vois du coin de mon petit malheur intime.

Vrai de vrai, je ne sais pas quand je suis rentrée dans la cinquième saison. Est-ce que c'était avant que tu ne fermes les yeux pour toujours ? Est-ce que c'est quand on a descendu ton cercueil au fond de la nuit ? Est-ce que c'est après que tu es parti, quand j'ai dormi dans la chambre d'amis, avec Adélie serrée contre moi et pour longtemps ? Ou quand j'ai repris les cours à la rentrée de janvier ? Est-ce c'est quand cette collègue, en me croisant dans un couloir, m'a dit en évoquant ta disparition : « C'est la vie » ? Ou quand les huissiers ont sonné à la grille ? Non, ça, c'est sûr, ce ne sont pas eux qui m'ont fait changer de saison. Est-ce que c'est quand Adélie est retournée dormir toute seule dans sa chambre ? Quand j'ai compris qu'Ambroise ne me ferait plus de câlins ? Quand Armance a voulu son propre appartement ? Est-ce que c'est quand Anselme m'a dit qu'il voulait devenir professeur de philo ? Ou est-ce que c'est quand j'ai commencé à écrire mon histoire ? Oui, c'est ça, j'en suis sûre maintenant, c'est quand j'ai voulu tout récupérer que j'ai coulé dans la cinquième saison, quand j'ai voulu recueillir tout ce flux qui me sort de la peau, un peu comme quand je faisais trop de lait après la naissance d'Anselme et que je le refilais en biberons pour d'autres bébés affamés.

Cette saison, elle m'appartient. Je l'ai créée, toute seule, avec une feuille et un crayon pour compagnon. Et comme c'est moi qui écris, j'ai le pouvoir de changer la fin et d'ajouter ce que je veux. Parce que je ne suis pas un personnage de roman. Parce que moi, on ne m'écrit pas.

Apprendre à mourir, la belle affaire ! ? Tout le monde sait le faire… Je ne connais personne qui n'ait pas réussi. À la fin de la course, on pourra tous accrocher ce diplôme sur sa poitrine « Bien mort », et le moment viendra. Que ce soient les plus grands ou les plus petits, les plus beaux et les plus belles, les plus malins et les moins dégourdis, les plus joyeux et les plus démunis. Les talentueux, les médiocres, les scientifiques, les littéraires, les garagistes et les jardiniers. Les rois et les bergères. Les philosophes, aussi. J'en déduis qu'il n'y a pas trop besoin de s'appliquer et que j'y arriverai comme les autres.

Mais apprendre à vivre, n'est-ce pas là une sacrément belle aventure ?

Demain est un autre jour.

Remerciements

Merci à tous ceux qui ont été là, pas ceux de l'histoire, ceux de la vraie vie, ceux que la littérature n'a pas piégés dans le papier.

Merci à toi, Béatrice, ma sœur de rue, toi qui es restée ce soir-là, auprès de moi et qui m'as réchauffé le cœur. Sans toi, Béa, je ne suis pas sûre que j'aurais réussi à passer la porte du jour d'après.

Merci à mes collègues et amis du Mans, Reza, Éliane, Delphine, d'avoir fait le saut dans la petite église, ce jour-là. Vous comptez pour moi. Merci à toi aussi, Patricia.

Merci à tous mes amis d'Outre-Mans, qui étaient là aussi ce jour-là. Et aux ami(e)s d'Anselme, Armance, Ambroise et Adélie.

Merci à toi, Céline, si précieuse. C'est parce que tu m'as lue et que tu as pleuré que j'ai voulu partager ce texte. C'est parce que tu m'as lue et que tu as ri que j'ai voulu partager ce texte.

Merci à toi, Isabelle, ma pote de thèse et de douleur (ça va ensemble), pour la force que tu me donnes aujourd'hui.

Merci, Delphine, si intensément positive quoi qu'il advienne. Tu es importante pour moi. Merci à vous aussi, Chantal, Chloé, Virginie. La vie est plus facile avec vous.

Merci à toi, Estèle, et à tes yeux verts. Tu me fais tellement de bien avec ton sourire et ta voix qui chante.

Merci, Mari-Carmen, pour ta bienveillance infinie.

Merci, Virginie. Garde ton grain de folie.

Merci, Karine. Tu as des ailes dans le dos.

Merci, Lorine. Répare ton château. Et surtout, surtout, continue de parler avec moi. Tu parles si bien !

Merci à toi, Flo. C'est dur, tu sais, de reparler et de revenir dans le monde des vivants.

Merci, ma petite Alix, pour l'amour que tu me donnes.

Merci, Sophie, à toi et à ton olivier que j'ai planté tendrement.

Merci, Nathalie, toi qui as vécu ce que j'écris.

Merci, Hélène. Je sais que tu penses à moi.

Merci, Isabelle. Continue à écrire le chant de la Loire.

Merci, Jean-Marie, dont le cœur est si lourd et si beau.

Merci, Gilles, mon *ami véritable*. Merci de m'avoir écoutée sans relâche et de m'avoir fait basculer dans le monde des vivants.

Merci à vous deux, mes chers voisins, Patrick et Cathy, – oui, oui – on peut le dire sans ironie. Vous êtes des piliers de gentillesse. Et des piliers de gentillesse, ça ne peut pas s'écrouler, c'est un matériau que l'on oublie trop souvent d'utiliser. Merci, Muriel ; merci, Isabelle, aussi, autour de moi.

Merci à mes étudiants de la promo des poussins.

Merci à ceux d'entre eux (les étudiants) qui ne m'ont pas lâché la main quand ils sont devenus grands, en particulier à ma petite Elsa rêveuse, à Justine, Coralie, Sacha, Océane, Cedellia, Nora, etc.

Merci à toi, Louise, d'avoir écouté mon histoire.

Merci à tous ceux qui ont croisé ma détresse et qui en ont fait de la poudre d'amandes. Voilà une recette de cuisine que j'aurais à cœur de reproduire : un geste, un sourire, un regard, un silence.

Merci à vous quatre, enfin, mes enfants lumineux, portraits crachés d'un papa tout aussi brillant que fou, vous qui creusez mes rides et remplissez mon cœur. Sans doute ne suis-je pas la mère parfaite que chacun de vous voudrait avoir dans le cœur. « Tous les parents disent qu'ils sont de bons parents », me susurrait l'autre jour la juge de tutelle… Alors qu'est-ce qu'une mère parfaite ? Celle qui ne vivrait que pour vous ? Ou celle qui trouve la force de vivre aussi pour elle afin que vous ayez la possibilité de devenir ce que vous êtes ? Celle qui ne songe qu'à vous ou celle qui peut aussi penser à elle ? Celle qui ne travaille pas pour vous élever ou celle qui travaille pour vous élever ? J'ai choisi d'être une maman possible, pas la meilleure, c'est sûr. Mais je vous ai donné le meilleur, ça, je le sais dans mon cœur. Mais, je vous le dis en passant, s'il fallait s'ouvrir le ventre et poser ses tripes sur une table là, maintenant, tout de suite, je le ferais sans même sentir la douleur. Et le sourire aux lèvres. Parce que vous êtes les quatre saisons de ma vie.

NORD COMPO
multimédia

Composition et mise en pages
Nord Compo à Villeneuve-d'Ascq

Imprimé en France par CPI
en janvier 2021

Dépôt légal : février 2021
N° d'édition : L.01ELIN000560.N001
N° d'impression : 160557